幾句話

寫了四十多年小說，論者將拙作分為三個時期：早、中、晚。在明窗出版的一批，屬於早期和中期的上半。三個時期的創作風格有相當程度的不同，所以風評不一。本人並無偏愛，但讀友對早期的作品，頗有好評，大抵是由於在早、中期作品之中，主要人物精力充沛，活力無窮，所以使故事曲折多變，小說也就格外吸引。明窗出版社此次重新出版這批作品，正好讓大家來證明這一點。

四十餘年來，新舊讀友不絕，若因此而能有新讀友，不亦快哉！

倪匡

二〇〇五年十一月六日

序言

《狐變》這個故事，是由一種十分怪異的理論發展出來的。這種理論認為整個宇宙中的一切都在不斷擴大，進度是每天一倍。如果這種理論是對的，那麼只要有什麼是不在擴展之列，那就必然每天縮小一半。

誰都知道數學上的一個問題：一數除以二，永遠可以除下去；所以在理論上來說，這種「縮小」永無止境，可以小得比分子、原子、中子、質子更小，一直設想下去，奇趣無窮。幻想小說之所以能吸引人，題材可以提供豐富的想像，自然是一個因素。

《狐變》故事中的那位酒先生，當然是科學怪傑式的人物，可惜下落不明，不然大可在別的故事中出現。

《聚寶盆》可以說是所有衛斯理幻想故事中，立論、根據、設想最完美的一個，把聚寶盆這件寶物，設想為「太陽能金屬物件立體複製機」。可是在故事上，卻又相當簡單，本來，可以先從歷史故事開始，從明朝到太平天國，再到現代。不過當時寫作時的情形如何，已不記得了。既然寫成現在這種樣子，當然總是有道理的。

衛斯理（倪匡）

一九八六年十一月三日

目錄

狐變

目錄

狐變

細菌大小的狐狸

春寒料峭，北風不斷發出呼嘯聲，細雨令得視野模糊，天黑了，做什麼最好呢？自然是幾個朋友圍着火爐天南地北地胡扯。那一個晚上，我們正在享受着那樣的樂趣。

所謂「我們」，是我和幾個朋友，我們全在一位朋友的家中，這位先生有一個很少見的姓，他姓酒，而他恰好又是一個不折不扣的酒徒。

這位姓酒的朋友的祖上，可能是滿洲人，他們家中以前出過好幾個大官，其中有一個從小就喜歡航海，所以在海外置下了不少產業，那晚，就在他祖上遺給他的一幢古老大屋中。

那幢屋子已有了多少年歷史，連現在的屋子主人，也說不上來。不過屋子雖然老，卻還很結實，一陣一陣風吹過，窗子一點也沒有發出格格聲。

我們每一個人的手中，都托着一杯主人供給的好酒，是以話題也多得難以記述，忽然間話頭一轉，一個朋友指着我：「衛斯理，你很喜歡寫科學幻想小說，有一個題材，你一定想不到。」

如果你也是寫小說的話，那麼，你一定也會不時遇到相同的情形：有人熱心地將小說的題材供給你。

喜歡供給他人小說題材的人，本身一定不是一個寫小說的人，這是可以肯定的事，因為每一個寫小說的人，至少都知道一點，用別人供給的題材，寫不出好小說來。

所以我對那位朋友的提議，反應並不熱烈，但是我卻也絕不拒絕。

因為既然可以作為科學幻想小說題材的事，一定是很古怪的事，而我喜歡聽古怪的事，即使是古怪的設想，我也喜歡聽。

我笑着：「請說。」

這位朋友先清了清喉嚨：「宇宙究竟有多大，沒有人可以回答，有一派科學家，提出的理論是，宇宙無時無刻不在擴大，擴大的程度很厲害，譬如說，每天都擴大一倍。」

幾個人都靜下來，聽那位朋友發表偉論。

那位朋友呷了一口酒：「宇宙在擴大，地球也在擴大，如果地球上的每一樣東西，都一天擴大一倍，作為在地球上生存的人類，是完全無法覺察出來的，是不是？」

另一個朋友笑了起來：「當然，如果每一樣東西都在擴大，就算一天擴大十倍，也是覺察不了的。」

那個朋友笑道：「我說的是一倍，而我的故事是，地球上每一樣東西，都在擴大，其中有一個人，忽然因為某種原因維持不變，那會怎樣？」

這個朋友的假設立時引起了一陣討論，這的確是很有趣的想像，如果有一個人維持不變，其他的東西都每天在擴大一倍，那麼，到了第七天，一個原來六呎高的人，就會變成只有半吋大小了。

如果他繼續維持不變，那麼，他的身體，等於每天縮小一半。

那樣的結果，他可能縮得比細菌更小，比原子更小，如果在那時，他還能夠生存的話，那麼，在他眼中看出來的世界，不是奇妙之極的麼？

我在大家熱烈的發言中，也參加了一份，我道：「這個設想太妙了！這真是一篇極好的科學幻想小說的題材，可惜我寫不出來。」

「為什麼？」那位朋友問。

「當然，你想想，執筆寫那樣的小說，需要多麼豐富的學識？不是對每一種物質的結構有着徹底的了解，怎能寫得出來？這個人到最後，小得可以看到水的分子，水的分子結構，你能詳細描述出來嗎？那時，他應該看不到水了，在他看來，水就像是一大堆黃豆一樣，如果他繼續『縮小』，水的分子會愈來愈大，那時，一個水分子，就可以把他壓死了。」

另外幾個朋友笑了起來：「那麼他豈不是沒有法子喝水了，他只怕要渴死！」

這句聽來很荒謬的話，在真有那樣情形出現的時候，卻是不折不扣的實情，所以，我們幾個人，都一起轟然大笑了起來。

在我們轟笑中，我們都發現我們的主人，坐在沙發上，望着爐火，轉着手中的酒杯，一言不發。

我首先停止了笑聲，叫着他的名字：「博新，你為什麼不說話？」博新忽然站了起來，在他的臉上，現出了一種十分厭惡的神情來，他瞪着我，粗聲粗氣地道：「我不覺得那有什麼好笑！」

所有人的笑聲都停了下來，望向他。

雖然我們全是熟到不得了的朋友，但是作為一個主人，博新的行動、言語，究竟還是十分不禮貌的，如果他就此算了，那麼，或許氣氛只是遭到暫時的破壞，我們還可以轉換話題，再談下去。

可是，他在講了那樣一句話後，像是他心中的厭惡情緒還在迅速地增加，是以他又向着那個首先提出這種新奇有趣的假想的朋友道：「你也太無聊了，什麼不好說，怎麼講起那樣無聊的話來？」

那位朋友漲紅了臉，一時之間，不知該說什麼才好，過了半晌，他才道：「這……應該很有趣……」

我看看情形不對，好朋友可能就為了這樣的一個小問題，而無緣無故地吵起來，是以我忙打了一個呵欠：「時間不早了，我們也該回家了！」

另外兩個朋友也勉強笑道：「是啊，打擾了你半天，該走了！」

本來，在我們幾個熟朋友之間，是誰也不會說那樣的客套話的，可是這時候，酒博新的面色變得十分難看，各人都覺得很尷尬，是以講話也客氣了起來。

酒博新勉強笑了一下：「好，那麼，再見了！」

他話一說完，就自顧自轉過身，上了樓。

我們平時都知道他這個人的脾氣多少有點古怪，但是他這樣的行動，卻也頗出乎我們的意料之外，有幾個朋友，甚至已怒形於色，拿起掛在衣架上的大衣，穿上了就向門口走去。

一時之間，所有的人都走了，只有我還站在爐邊。

最後離開的那朋友，在門口停了一停，向我道：「你為什麼還不走？還在等什麼？」

我搖了搖頭：「我不等什麼，但是我現在不想走，我看博新的情緒很惡劣，他可能有什麼心事，在他需要朋友的時候，我們不該離開他！」

那朋友冷笑一聲：「他需要朋友，哼！」

他在「哼」了一聲之後，重重關上門，走了。

我在爐邊坐了下來，慢慢喝着酒，剛才，爐邊還只聽得此起彼伏的笑聲，大家爭着來説話，但這時卻靜得出奇，只有客廳一角那隻古老的大鐘在發出「滴答」、「滴答」的聲音。

我大約獨自坐了半小時，才聽得樓梯上腳步聲傳了下來，我並不抬頭，因為我知道除了博新之外，不會有第二個人。

腳步聲一直傳到我的近前才停止，然後，便是博新的聲音：「他們全走了？」

我身子向後靠了靠，抬起頭來。

我發現博新的神色很蒼白，神情也有一股異樣的緊張，我略為猶豫了一下，還是說：「他們全是給你趕走的。」

酒博新的雙手掩住了臉，在臉上抹着，然後又緩緩地移了開去，他在我的對面，坐了下來，一句話也不說。我站了起來：「現在，我也告辭了！」這一次，他的反應卻來得十分快，他忙道：「等一等，你別走！」

我望着他：「我們是老朋友了，如果你有什麼心事，可以對我說。」

博新揮了揮手，像是想揮走什麼虛無的幻象一樣，他苦笑了一下：「沒有什麼，我沒有什麼心事，嗯……你們，你們剛才在說的那種事，真有可能麼？」

他像是經歷了很大的勇氣，才發出了這一個問題來的。我攤了攤手：「你怎麼了？什麼時候，你變得那麼敏感？我們只不過在討論着一篇科學幻想小說的題材，你聯想到了什麼？」

他又低下了頭，雙手托着頭，好一會，他才道：「你來，我給你看一樣東西。」

我的心中，充滿了疑惑：「看什麼？」

博新並不回答我，他只是向樓上走去，我只好跟在他的身後。

我知道他的書房是在二樓，可是在進了他的書房後，他從一個抽屜中取出了一串鑰匙，又帶我上三樓去，我忍不住道：「你究竟要我看什麼？」

他仍然不出聲，一直向上走着。

我到過這幢古老大屋不止一次，但是我卻也從來未曾上過三樓，這時，我才知道，在通向三樓的樓梯口，有一道鐵門攔着。

他用一把鑰匙打開了鐵門，將鐵門推開。

我只覺得氣氛愈來愈神秘，是以不得不說幾句笑話，想使氣氛變得輕鬆些，我道：「原來你還有大批寶藏，藏在三樓！」

他卻似乎並不欣賞我的話，只是回頭，向我瞪了一眼：「跟我來。」

我無法可施，只得跟在他的後面，走上樓梯去。

三樓有鐵門攔着，當然是不會經常有人上來的，但是也一定經常有人打掃，是以到處都十分乾淨，並不是積塵老厚的那種可怖地方。

我心中十分疑惑，因為我不但不知道何以他今晚會突然失態，而且，我也不知道他究竟要我去看一些什麼東西。

我也沒有去問他，因為從他的神情上，我知道就算問他，他也不肯說的。

而且，這房子只有三層高，大不了他要給我看的東西是在天台上，那我也立時可以看到的了，又何必問，去碰他的釘子？

我跟在他的後面，到了三樓，他又用鑰匙打開了一扇門，一打開門，他就着亮了燈，那是一間很精美的書房，四面牆壁上，全是書櫥。

我跟着他走了進去，直到這時候，我仍然不知道他的葫蘆中賣的是什麼藥。

他來到了寫字枱面前，寫字枱上，放着普通的文具，還有一隻高高的木盒子。他一句話也不說，面色蒼白得很可怕，我看他打開了那盒子，捧出了一具顯微鏡來，放在桌上，然後，又着亮了枱燈，照着顯微鏡。

這時候，我已經知道，他是要我從顯微鏡中去觀察什麼東西了。

然而，我的心中，疑惑也更甚。他不是生物學家，我也不是，他神情那麼嚴肅，要我在顯微鏡下，看一些什麼古怪的東西？

他拉開抽屜，取出了一隻小小的盒子，取出了一片玻璃片，放在顯微鏡的鏡頭之下。

然後，他將眼湊在顯微鏡上，調節了一下倍數，抬起頭來。

當他抬起頭來的時候，我不禁嚇了一大跳，因為他面上的肌肉不由自主地跳動着，看他的樣子，像是才被瘋狗咬了一口一樣。

他的聲音也有點發顫，他道：「你……來看！」

他那一句話，總共才只有三個字，但是卻頓了兩頓，我心中的好奇到了頂點，是以我一聽得他叫我過去看，連忙走了過去。

他還僵立着不動，是以當我來到了顯微鏡前面的時候，要將他推開些。當我碰到他手的時候，我只覺得他的手比冰還冷。

那時候，我已經急不及待了，我也不問他的手何以如此之冷，立時就將眼湊到了顯微鏡上。

當我看清楚了顯微鏡頭之下，那兩片薄玻璃片夾着的標本時，我呆了一呆，立時抬起頭，又揉了揉眼睛，心中告訴自己：一定是看錯了！然後再湊上眼去看。

但是，我兩次見到的東西，全是一樣的！

那是一隻狐狸。

別笑，我的的確確，在顯微鏡中，看到了一隻狐狸！

我再次抬起頭來，雖然在我的面前沒有鏡子，但是我也知道我的神情一定古怪得可以。

我甚至感到自己的脖子有點僵硬，我轉過頭去，向博新看了一眼。

博新的神色，仍然那麼蒼白，他只是怔怔地望着我，一聲也不出。

我呆了大約有半分鐘之久，然後，又第三次湊眼在顯微鏡上，仔細看去。

這一次，我有心理準備，雖然事情怪異得難以想像，但是我還不至於一看到顯微鏡中看到的東西，便立時抬起頭來。

我定神看看，不錯，那確然是一隻狐狸。

在顯微鏡中看來，那狐狸尖尖的嘴，大而粗的尾，還有四隻腳，那不是狐狸是什麼？雖然牠小，但是牠身上那濃密的狐毛，也可以看得很清楚，那實實在在是一隻狐狸！

我這一次，看了好幾分鐘，才抬起頭來。

我在抬起頭來之後，先看了看顯微鏡鏡頭放大的倍數，那是兩千五百倍。

然後，我又將鏡頭下的標本玻璃片拿出來，向燈照着，用肉眼來看，幾乎什麼也看不到，硬要說看得到的話，也不過是兩片玻璃片中，依稀有微塵也似的一點黑色而已，那一點黑色，自然就是我在顯微鏡中看到的那一隻十十足足的狐狸了。

我又將那標本玻璃片，輕輕放了下來，再轉頭向博新望了過去。

我望了他半晌，才道：「這……這是什麼？」

博新忽然笑了起來，雖然他的笑容十分駭人，但是他總是在笑着，他道：「這是什麼，你不知道麼？這是一隻狐狸啊！」

我急忙道：「別開玩笑，這是一個細菌，博新，你有了一個偉大的發現。從來也沒有一個生物學家，發現一個和狐狸一樣的細菌！」

博新的面色更蒼白，書房中的光線並不強烈，是以乍一看來，就像是他的臉上，塗上了一層白粉一樣。

他喃喃地道：「我自然寧願那是一個細菌，但是牠的確是一隻狐狸！」

我也笑了起來，然而我的笑聲一樣十分怪異，就像是我的喉嚨中有什麼鯁着一樣，我道：「比細菌還小的狐狸，我真懷疑你如何捉到牠。」

博新卻一本正經地道：「不是我捉到牠，是我父親捉的。」

我和博新認識了很多年，我只知道他的老太爺早已死了，那麼，這狐狸自然被捉到很久了。那時，我心中着實亂得可以，雖然有着不知多少問題想問他，但也不知從何問起才好。

博新又道：「這狐狸才捉到的時候，和普通的狐狸一樣大，可是牠卻愈來愈小，直到小到現在那樣子，被夾在標本片中之後，才停止了縮小！」

我仍然怔怔地望着他。

博新又道：「這和你們剛才在說的——不是很相像麼？宇宙間的一切，都在不斷擴大，如果有一個人——不，一隻狐狸，停止擴大的話，那麼，牠就變成不斷地在縮小了！」

我聽得他的話中，好像還在隱瞞着什麼，但是卻實在無暇細究，我只是叫道：「可是我們在講的，只是一種假設，一種幻想！」

博新道：「然而，這卻是事實！」

我望了他半晌，將這件事情從頭至尾地想上一想，我覺得其中的漏洞實在太多，是以我不由自主笑了起來。

博新像是怪我在這種情形之下，還要發笑，是以他瞪大了眼望着我。

我揮着手：「這實在是很無稽的，照你說來，那狐狸是每天縮小了一半？」

博新鄭重其事地點了點頭。

我又道：「如果牠每天縮小一半，那麼，只要幾天工夫，牠就小得和一隻跳蝨差不多了。」

博新的回答，仍然很嚴肅：「是的，幾天工夫，牠就小得和一隻跳蝨差不多，我父親將牠關在一隻很小的玻璃盒之中，牠還在不斷地縮小，終於小得連肉眼都看不見了，才將牠夾在玻璃片中。」

「夾在玻璃片中之後，牠就不再縮小了？」

「不是，開始的時候，只要用二十五倍的放大鏡，就可以看到牠，但是到後來，卻要用兩千倍的放大鏡才能夠看到牠！」

我「嘿嘿嘿」地乾笑了起來：「那麼，牠是什麼時候死去的？」

我只當那一問，一定可以將博新問住了，誰知道他仍然十分正經地道：

「牠死了之後，才停止縮小！」

我的聲音也變得有些異樣，我道：「你是說，牠一直到那麼小，被夾在玻璃片中的時候，仍然是活的？你不是在和我開玩笑？」

博新的神情顯得很悲哀，他緩緩搖着頭。

我一步跨到了他的身前：「那麼，你看到過牠在玻璃片之中的活動？」

「我沒有看到過。」

「誰看到過？」

「我的父親。」博新回答着，他的神情又變得很古怪起來，像是不願意多說什麼。

我深深吸了一口氣：「那是你父親告訴你的？他為什麼將這件事秘而不宣？」

博新的聲音突然發起抖來，道：「他本來是想要宣布的，可是……可是……」

他講到這裏，突然接連向後，退出了好幾步，坐在一張椅子上。

接着，他雙手掩住了臉，身子在不住地發着抖。

我來到了他的身前，雙手按在椅子的扶手上：「究竟又發生了什麼事？」

博新的身子愈抖愈是劇烈，當他的雙手從他的臉上移下來之際，使人擔心他的手指會一根一根抖落下來！

他道：「我們是好朋友了，衛斯理，今天我和你講的事，你絕不能對任何人說起！」

我望着他，過了好久，他才用哭一樣的聲音道：「我父親，他……他也開始縮小了！」

我一聽得他那樣說，身子不由自主，跳了一跳，我按在椅柄上的手，也在微微發抖。

第二部

半吋大的小死人

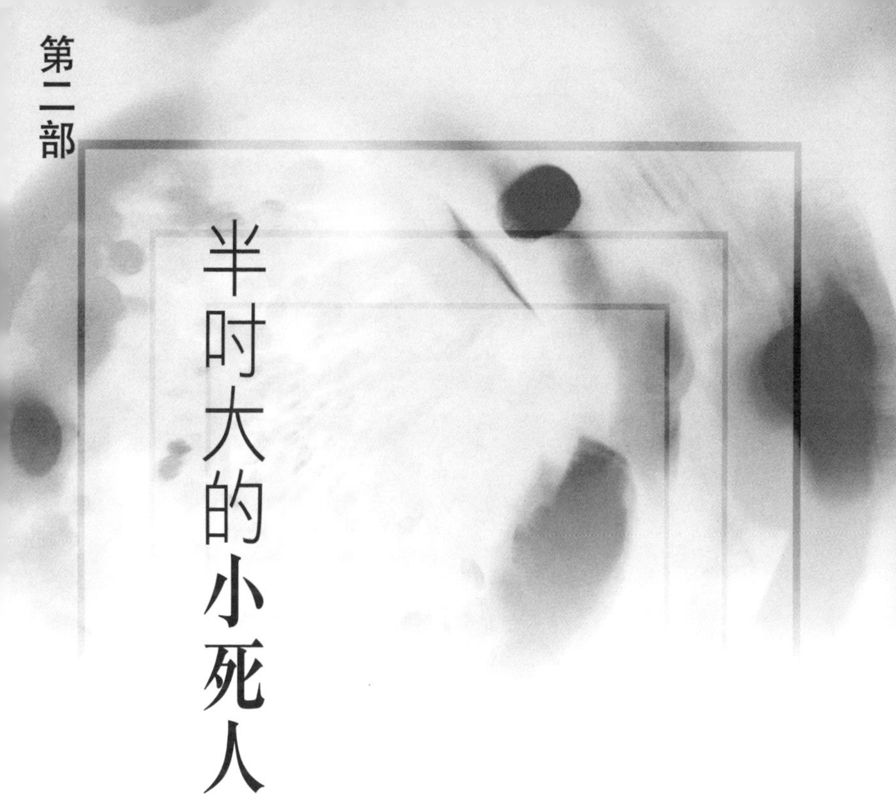

我望着他，他望着我。

過了好久，他才向一個抽屜，指了一指。

我連忙拉開了那抽屜來，那抽屜之中，有一隻銀質的盒子。

我又回頭望了博新一眼，博新點了點頭，我忙將那銀色的盒子自抽屜中取了出來，放在桌面上，然後，我將盒蓋打了開來。

在打開了盒蓋之後，我看到在銀盒之中，是白色的綢緞襯墊，在襯墊之上，是另一隻一吋來長的長方形的白金盒子。

博新的聲音發着顫：「你揭開這隻白金盒子的蓋，就可以看到……我的父親！」

我的手指已經碰到那白金盒子的蓋了，可是我卻手軟得無法揭開盒子的蓋來，我突然轉過身，大聲道：「好了，博新，我承認你很成功，你編造了那樣一個神奇的故事，又製造了那麼詭異的氣氛，使我不敢打開那盒子來，你成功了！」博新望着我，一聲不出。

我又道：「現在，你可以告訴我一切只不過都是你玩弄的把戲！」

博新緩緩地搖着頭：「但願是那樣，可惜事實上並不如此！」

我衝到了他的身前，抓住了他的肩頭，用力搖着：「你胡說，那盒子只不過一吋來長，放一隻手指頭也放不下去，何況是一個人！」

博新的神情，反而鎮定了下來：「你不必向我追問，你只要打開盒子來看看，就可以知道，我並不是在開玩笑！」

我縮回手來，一面望着他，一面又退到了桌邊。

我拿起那隻白金小盒子來，湊到了燈前，揭開盒蓋，在白金盒子之中，是一隻密封的玻璃盒，在那玻璃盒子中，躺着一個人，一個身子不過半吋來長短的人，一個小得那樣的小人！

我立即想說，那是一個雕刻得十分精美的人像，可是我卻沒有說出口來。

因為那句話，就算說出了口來，也一定只是自己在欺騙自己而已！

世界上是不可能有那麼精美的雕像的，那一定是一個真正的人，他雖然小，但在燈光的照映之下，我可以看到他每一根頭髮，有的頭髮已花白了，有的還是黑色的，他和博新很相似，他的鬍子很長，他臉上皮膚的皺紋，他身上的每一個毛孔，我都可以看得出來。

他決不是雕像，而是一個實實在在的人，一個已死了的只有半吋長的人！

我立時合上了白金盒蓋，雙手發着抖，又將白金盒放在銀盒之中。

我呆立在桌前，好久未曾轉過身來。

過了好半晌，我才聽得博新道：「你看清楚了吧，那是不是我的父親？」

我緩緩轉過身來，伸手在自己的臉上用力抹着，那樣，可以使一個昏亂中的人，腦子變得清醒些，但是那時，我一樣覺得昏亂。

我呆立着，苦笑着：「看來，那不像是在開玩笑，是不是？不像！」

博新根本沒有聽到我的話，他只是自顧自地道：「他是自殺的。」

我也自顧自地在說着：「看來，他如果再縮下去，也會變得像細菌一樣！」

博新抬起了頭來：「你為什麼不問我經過的情形怎樣？」

我像是機器人一樣，重複着博新的話：「那麼，經過的情形怎樣？」

博新吸了一口氣，他站了起來，拉開了一個櫃子，拿出了一瓶酒來，拔開了瓶蓋，對着瓶口，大口喝了三口。我從來也沒有感到比這時更需要喝酒，我伸手在他的手中，將酒搶了過來，也連喝了三大口，才鬆了一口氣。

博新抹了抹自他口角中流出來的酒：「我父親是一個很古怪的人，我們住在屋中，只有三個人，我、他、還有一個老僕，他往往在三樓的書房中，十天八天不下來，成為習慣，他不讓人家去打擾他，那時候，我十五歲，正在中學念書。」

我又拿起酒瓶來，喝了一口酒。

「那天，」博新繼續說：「我剛踢完球回到家中，老僕就來對我說，父親這幾天的胃口很不好，送進去的飯，只吃幾口，就塞出來了，可能是身體不舒服，叫我上去看看。」

我道：「你去了？」

「我沒有去，」博新搖頭：「我已説過了，他是一個怪人，不喜歡人家去打擾他，可是當我洗好了澡之後，他就用內線電話叫我上去，那是我一生之中，最難忘記的一天！」

我問道：「當時，你看到他的時候，情形怎樣！」

博新將酒自我的手中接了過去，又接連喝了幾口，才道：「我看到他的時候，他的身子已只有八吋高了，他站在桌上，我險些昏了過去，他叫我鎮定，説是有非常的變故發生在他的身上！」

博新苦笑了一下，又道：「奇怪的是，他的聲音，和普通人一樣，他告訴我，他的身子開始縮小，他每天縮小一半，他知道自己無法活下去，因為在他之前，有一隻狐狸，是他所養的，也一直在縮小，小到了只有細菌那麼大。他説，他不想到那時候才死，他要自殺，他吩咐我，在他死後，一定要用真空來保存他的屍體，使他的屍體不至敗壞！」

博新的神情愈來愈古怪，他又道：「我那時，就像是在做噩夢一樣，從那時起，我一直陪着他，他一直在縮小，直到他終於自殺死去，他的身子才停止了縮小，那時，他只有半吋長短了！」

我怔怔地聽着，博新又道：「現在，你知道我為什麼聽到你們討論那樣的事，會忽然變得如此失態的原因了？」

我點了點頭，到這時候，我自然明白了。

我們又默然相對了很久，我才道：「那麼，你一直不知道那是由於什麼原因？」

博新搖着頭：「不知道，我相信沒有人知道是為了什麼原因？」

我皺着眉：「為什麼你一直將這件事秘而不宣？你可以將這件事公開出來，那麼全世界的科學家就都會集中力量來研究這件事！」

博新望了我半晌：「這樣的事，如果發生在你父親的身上，你會麼？」

我沒有回答，因為博新問得很有道理，這種事情，如果發生在我親人身上，我也會隱瞞下來的。

我又轉過身，再打開那盒子來，凝視着躺在玻璃真空盒中的博新的父親。

我苦笑了一下：「你的意思是，這件事，不讓任何人知道？」

博新呆了半晌：「我好像有一個預兆，我也會和那隻狐狸以及我父親一樣，有朝一日，我會每天縮小一半，小得像一隻細菌一樣！」

一陣莫名的恐懼，突然襲上了我的心頭，我立時厲聲斥道：「別胡說！」

他道：「但願不會，但如果真有那一天，要請你來幫我的忙。」

我連聲道：「胡說！胡說！」

而博新一直沒有出聲，然後，我們一起離開了三樓，回到了博新的書房中。

等到離開了三樓之後，我的神志才勉強可以稱得上「清醒」，我問道：「你那位老僕呢？」

博新呆了一呆，像是他根本沒有想到那個人來一樣。事實上，如果不是他剛才提起，我也不知道他還有一個老僕，因為他從來就是一個人住在這裏的，至少我認識他以來，就是這樣。

他呆了片刻之後：「自從這屋子中發生了那樣的怪事之後，我將他遣走了！」

我望着他苦笑：「你倒很有膽子，這屋子中發生了那樣的事，你還一直住着。」

博新慘笑：「我有什麼好害怕的？發生變化的一個是我父親，一個是一隻狐狸，而且，他們已變得如此之小，再也不能傷害我了！」

我心中想到了一句話，而且，這句話已到了我的唇邊，但是我還是將它忍住了。我忍住了沒有說出來的那句話是：「那麼，你不怕同樣的變化有朝一日會發生在你的身上？」

我之所以忍住了這一句話，未曾說出來的原因，是因為博新當時的神色，已經夠難看了，如果我再那樣說，他可能會昏過去！

我們一直來到了客廳中，博新道：「你也該回去了！」

他說着，拉開窗簾，向外看了看，細而密的雨點，仍然灑在玻璃上，我道：「博新，如果你要我陪你，我可以留下來。」

博新笑了起來，他的笑聲很不自然，他道：「你以為我會害怕麼？別忘記，我在這裏，已住了那麼多年，一直是我一個人。」

我苦笑了一下，拿起雨衣來，到了門口，我們兩人的手全是冰冷的，但是我們還是握了握手，當門一打開，寒風便撲面而來。

我拉開了雨衣領子，奔到了車前，回頭看去，博新還站在門口，向我揮手，直到我駕車離去之後，我還看到客廳中仍然亮着燈。

我雖然看不到博新，但是我也可以想像客廳中的情形，博新一定是對着火爐，在大口大口地喝酒。

我的腦中十分混亂，因為我剛才看到了根本是不可能的事：一個人，小得只有半吋長短；一隻狐狸，只有細菌一樣大小。

我不禁抬頭看了看漆黑的天，心中在想，難道宇宙間的一切，真的每天都在擴大一倍？

宇宙間的一切每天擴大一倍，這不過是一種理論，那麼，是那狐狸每天在縮小一半了？

狐狸和人都是生物，生物自然是愈長愈大的，怎會縮小？而且，小得竟然只和細菌一樣。如果一個人，不斷縮小下去，小得也和細菌一樣，那麼，自他眼中看出來的世界，會是怎麼樣的？

我只覺得心中亂到了極點，一點中心也把握不住，因為事情實在太奇特了。而我在回到了家中之後，神思恍惚，一夜未曾好睡。第二天早上，我起來之後，第一件事情，就是打了一個電話給博新。

當電話鈴響着，沒有人來接聽的時候，我的心頭又不禁怦怦亂跳了起來，我不由自主地在想：博新是不是也變小了，小得他已沒有力道拿起電話聽筒了？

電話鈴響了一分鐘之後，終於有人來接聽，而且，我一聽就聽出，那是博新的聲音。

我吁了一口氣：「博新，你好麼？」

或許是我問得太沒頭沒腦了，是以他沒有立時回答，那又使我的心中緊張了一陣。

然而，博新立即回答了，他道：「我？很好啊，請問你是哪一位？」

他竟連我的聲音也未曾分出來，我知道，我的電話，一定是將他在睡夢中吵醒了，我忙道：「沒有什麼，我是衛斯理，不知怎地，我很擔心——」

博新笑了起來：「我一點事也沒有，如果我有了什麼變化，那麼，我一定打電話給你的！」

他在講了那幾句話之後，還打了兩個「哈哈」，像是想讓我們間的談話輕鬆一些。

但是，我卻可以聽得出，他的笑聲，完全是勉強擠出來的，聽起來苦澀得很。

雖然他說一有變化，就會打電話來給我，但是我總有點不放心，在接下來的幾天中，我幾乎每天都和他通一次電話。

後來，看看沒有什麼事，我電話也不打得那麼勤了，有時三大才打一次。

我和博新，還是時時見面，我們那些朋友，有時也聚在一起，只不過當有博新在場的時候，誰也不再提起宇宙間的一切每天都在擴大一倍的那種幻想了。

我自然替博新守着秘密，沒有將他的事向任何人提起過。

我心中的好奇心，卻又實在按捺不下，我曾問我許多有學問的朋友，問起過生物是不是會縮小，小得像一個細菌一樣，聽到的朋友不是「哈哈」大笑，便是說我想入非非。

只有一位生物學家，在聽了我的話之後，比較正經地回答了我的問題。

他道：「那是不可能的，老弟，一個生物，譬如說一隻狗，自古以來，就以牠那種固定大小的體積生存着，如果牠忽然變得小了，牠身上承受的壓力不同，牠身體的組織，一定首先不能適應，牠就無法活得下去，那只不過是極其簡單的一點；更複雜的是，如果牠縮小的話，牠身上的一切組織都得縮小，而一切組織全是由原子構成的，生物的組織也無不同，而直到如今為止，還未曾聽説，連原子也會縮小的理論。」

我呆了半晌：「那麼，照你説，會出現什麼樣的情形呢？」

那位生物學家笑了笑：「原子如果不縮小，那麼，縮小的情形如果出現，就是原子和原子間的空隙，擠得更緊密，那等於是用極大的壓力，將生物壓成一小塊。你想，生物如何還活得下去？而且，就算是那樣，也有一個極限，極限就是到原子和原子間再沒有任何空隙為止，也決不可能每天縮小一半，無限止地縮小下去的。」

我當時呆了半晌：「那麼，照你看來，一隻狐狸，我説是如果，如果一隻狐狸，使牠身體組織的原子和原子間再也沒有空隙，那麼牠會有多大？」

那位生物學家笑了起來：「這個可將我問住了，只因從來也沒有人提出那樣的問題來過，但是我倒可以告訴你一件相類的事。」

我忙問道：「什麼事？」

他道：「如果將一噸鋼，壓縮得原子和原子之間一點空隙也沒有，那麼，這一噸鋼的體積，不會比一個針尖更大！」

我吸了一口氣，一噸鋼不會比針尖大，那麼一隻狐狸，就可以小得任何顯微鏡都看不到！

我在發呆，那位生物學家又道：「可是，原子在緊壓之後，重量卻是不變的。也就是說，就算有一種能力，可以將一噸鋼壓成了針尖那麼大，它的重量，仍然是一噸，而不會變小。」

我本來是坐着的，可是一聽得那句話之後，我便陡地站了起來。

一噸，縮成了針尖那麼大小，重量不變！

但是，那狐狸和博新的父親，在縮小之後，卻顯然變得輕了！

一隻狐狸，本來至少應該有二十磅吧，但是當我拿起玻璃片來的時候，它根本輕得一點分量也沒有。一個人，至少有一百二十磅，然而我拿起銀盒子來時，何嘗有什麼沉重的感覺？

這至少證明了一點，在那一人一狐上所發生的變化，決計不是原子和原子間空間的減縮，而是什麼都在縮小，連原子都在縮小！

我又將我想到的這一點，作為「如果」而提了出來，這位生物學家大搖其頭：「不可能，你別胡思亂想了！」

我自然對他的話很不服氣，因為我看到過事實：一隻比細菌還小的狐狸。

但是在當時，我沒有說出來，因為一個人，如果不是親眼看到了一隻比細菌還小的狐狸，要他相信這件事，簡直沒有可能，像我那樣，就算是親眼看到了，也隨時在不信那是事實。

和那位生物學家的談話，雖然沒有多大的收穫，但是卻使我興起了一個古怪的念頭來。

我那古怪的念頭便是：我要使那位生物學家看看那隻細菌一樣的狐狸。

我想到這一個念頭時，自然也想到過，如果我對酒博新實說，向他拿那個比細菌還小的狐狸，他一定不肯，那麼，我還有什麼別的辦法呢？

我唯一的辦法就是偷！

去偷一個好朋友的東西，而且那東西又關係着他絕不願意被人家知道的秘密，會有什麼樣的結果，人人都知道，我當然也知道。

可是，我的性格十分衝動，想到了要做一件事情，如果不去做的話，心中便有說不出來的難過。而且，我的好奇心如此強烈，實在想知道一下那位著名的生物學家在看到了那個細菌大小的狐狸之後，會有什麼奇特的反應。

但由於這件事的後果實在太嚴重，我還是考慮了兩天之久。

這兩天之中，我設想得十分周到，我曾上過博新那屋子的三樓，從三樓那種重門深鎖的情形來看，博新也不常上去。

而那幢屋子中，又只有他一個人，如果我沿牆爬上去，撬開那一扇窗子，那麼，我可以輕而易舉進入三樓的那間書房，也就是說，要去偷那個像細菌一樣大小的狐狸，是十分容易。

問題只是在於偷到了之後，我應該如何掩飾這件事情才好。

關於這一點，我也早已想好了。

我可以要那位生物學家嚴守秘密，然後，我再神不知鬼不覺，將那東西送回去，那就妥當了！

當我考慮了兩天之後，我在第三天的晚上，開始行動，我攀進圍牆，那晚天色陰暗，對我的行動正好是極佳妙的掩護。

在我攀過了圍牆之後，我迅速地奔近那幢古老的大屋，屋子中靜得一點聲音也沒有。

第三部

古屋中的陌生人

我在感覺上，根本不像是接近一幢屋子，而像是在走近一座碩大無朋的墳墓，到了牆前，略停了一停。

一點阻礙也未曾遇到，看來，我的目的可以順利達到，不會有什麼緊張刺激的場面出現了。

我順着水管，爬到了三樓，然後用帶來的工具，撬開了窗子，閃身爬了進去。

我不能肯定我是置身在三樓的哪一間房間之中，我先將窗子關好，然後靠着窗站了一會，在黑暗之中，什麼動靜也沒有。

我停了極短的時間，便着亮了手電筒，四面照射了一下。我發現那是一間堆滿了雜物的房間，我來到門前，弄開了門，門打開之後，我就輕而易舉認出書房的門，而在一分鐘之後，我已經弄開書房的門，進入房間中了。

我關上了門，在那片刻間，我真想着亮大燈來行事，因為我簡直太安全了，絕不會有人發現我在這裏偷東西。

我來到了寫字枱前，我記得那個細菌大小的狐狸放在什麼地方，我弄開了那抽屜，取得了那片玻璃，放在口袋中。現在，我要做的事，只是打開一扇窗子爬下去而已。可是，就在我推上抽屜的那一剎那間，門口突然傳來了「咔」地一聲響。

我陡地一呆，一點也不錯，那是「咔」地一聲響，我連忙推上抽屜，熄了電筒，身子向後退去，我由於退得太急了，幾乎撞翻了一張椅子，我連忙將椅子扶直，不使它發出聲響來，然後，我躲到了一個書櫥的旁邊。

那地方，牆正好向內凹進去，旁邊又有書櫥的遮掩，只要博新不走到近前來的話，是不會發現我的。我當時那樣想，是我認定進來的人，一定是博新的緣故。我剛一躲起，就聽到門被打了開來，接着，燈也亮了，可是，當我慢慢探出頭去看時，我卻嚇了一大跳，推門進來的，不是博新。

那是一個陌生人。

我從來未曾見過這個人，我也很難形容他是怎樣的一個人，因為他的樣子太普通，見過這種人一面，一定很難在腦中留下什麼印象，因為滿街上都是這種相貌普通的人。

而從那陌生人走進這間房間中的態度來看，儼然是這間房間的主人一樣。我的心中，不禁疑惑了起來，博新不是一個人住在這間屋子中的麼？為何忽然又多了一個陌生人？

如果博新一直是和那人住在一起的話，那麼，他為什麼要保守秘密？又為什麼我們到這屋子來的時候，從來也未曾見過這個人？

如果那個人來這裏的目的，也是和我一樣的話，那麼，他何以大模大樣，一進來就着亮了燈？那時，我心中的疑惑已到了極點，我注視着那人的行動，只見他來到了寫字枱前，着亮了枱燈，然後又熄了頂上的燈。

那樣一來，光線集中在寫字枱上，房間的其他部分都變得很陰暗，對我的隱藏也較有利。

他在寫字枱前坐了下來，呆坐着不動，用手在面上不斷地撫摸着，看來他像是感到極度的疲倦。

他呆坐了五分鐘之久，我已經有點沉不住氣了，如果我不是來偷東西的，那我一定已衝了出去，喝問他是什麼人了！

但是現在，我卻只好站着，看他究竟來做什麼。

他拉開了一個抽屜，取出了一疊紙，身子向前俯伏，在那紙上，寫起字來。

他在每一張紙上，都寫了極短的時間。

在那麼短的時間內，他最多只能寫上幾個字而已，他寫了一張，就將那張紙揉團，拋在字紙簍中，看他的情形，就像是一個初寫情書的少年人。

我自然不知道他在寫什麼，而那時，我心中的疑惑也到了極點，因為我不知道這個人究竟憑什麼身分，可以大模大樣坐在書桌前寫字。

他大概一連揉了七八張紙，才算定下心來，繼續寫下去，這一次，他寫了相當久。

然後，他將那張紙拿了起來，看了一遍，好像認為已經滿意了，將紙摺了起來，放進了衣袋中。

然後，他站了起來，熄了枱燈走出去。

直到那人已走出了書房，書房中只剩下我一個人了，我還呆立了片刻，那是因為我心中的驚駭太甚，同時也提防那人會回來之故。

我在停了片刻之後，才來到了書桌之前，俯身在字紙簍中，將那人拋棄的紙，拾了一張起來，我看到那紙上，只寫了兩個字：「事實」。

我將所有的紙，一張一張撿起來，每一張紙上，最多也不過是兩個字：「事實」。有一張紙上，多了一個字，是「事實是」三個字。

看來，那人像是要寫出一件什麼事來，但是在開始執筆的時候，卻又不知該如何下手才好。

但是，他是終於將那件「事實」寫了出來，那是我親眼目睹的事情。

我將所有的紙拋回字紙簍中，我並沒有在那書房中停留了多久，便攀窗而下。

當我越過了圍牆之後，我忍不住又向那幢古老大屋回頭望了幾眼。

在黑暗之中看來，那房子顯得更神秘，因為在這屋子中，不但曾發生過神秘的「縮小」事件，而且，還有着一個神秘的人物。

這人究竟是什麼人，我認為博新是應該知道的，而當我在向外走去的時候，我也已經作了決定。

我的決定是：當我將我偷來的東西放回去之後，我就老實不客氣地問博新，和他一起住在那古老大屋子中的是什麼人，為什麼他一直要瞞着，不講給人家聽。

在歸途上，並沒有什麼意外發生，而我則翻來覆去，一晚不得好睡。

第二天一早，我就和那位生物學家用電話聯絡好了，請他在家中等我，我告訴他，我有一樣他一生之中從來也沒有見過的東西給他看。

那位生物學家在遲疑了片刻之後，就答應了我的要求，而我也立時驅車，到了他的家中。

在他的家中，有設備相當完善的實驗室，自然也有着高倍數的顯微鏡。

他親自開門，讓我進去，然後道：「你有什麼古怪東西，害得我臨時打電話，推掉了一個約會。」

我忙道：「你不會懊惱推掉了一個約會的，只要你看到了我帶來的東西，你一定畢生難忘。」

他也是一個性急的人，忙道：「是什麼？」

我先取出了一個信封，然後將我昨天晚上弄到手的那兩片夾着標本的薄玻璃片，取了出來，那位生物學家「哦」地一聲：「是標本，那是什麼？」

我為了要看他看到那細菌大小般的狐狸之後的驚訝神情，是以我並不說穿是什麼，我只是道：「將它放在顯微鏡下面去看看，就可以知道！」

他顯然也對我帶來的東西發生了興趣，是以一伸手，在我的手中，接過了玻璃片來，先向着陽光，照了一下，那隻狐狸已小得要用兩千五百倍的顯微鏡才看得見，用肉眼來看，是什麼也看不到的。

他招手道：「跟我來。」

我跟着他，來到了他的實驗室之中，他揭開了顯微鏡的布套子，將標本放在鏡頭之下，然後，對着顯微鏡，向內看着。

他看了約有兩秒鐘，便抬起頭來，在他的臉上，現出一種十分古怪的神情來。

那是我意料中的事，而他那種古怪的神情，也迅速傳染給了我，是以我一開口，聲音也顯得十分異樣，我道：「怎麼樣，你是不是從來也未曾見過？」

那位生物學家發出了一下無可奈何的笑容來，他忽然之間，會有那樣的神情，那倒令得我呆了一呆，可是，他接着說出來的話，更令我發怔！

他嘆了一聲：「如果不是我和你已經認識了那麼多年，我一定賞你一拳！」

我在一怔之後，幾乎跳了起來：「什麼，你不認為那是你從來也未曾看過的東西？」

他的神情已變得十分冷淡，冷冷地道：「這標本片中的東西，我在上初中生物科的時候，就看過了，你開這樣的玩笑，是什麼意思？」

我又望了他一下，然後我來到了顯微鏡之前，伸手將他推了開去，俯身向顯微鏡中看去。

等到我看到了顯微鏡中的東西之後，我也不禁呆住了，那標本片中的，並不是一隻細菌大小的狐狸，而是極普通的植物細胞組織。

我抬起頭來，定了定神，再低頭看去，我所看到的仍然一樣。

我退了開來，在一張椅子上坐了下來，剎那之間，我的心中亂到了極點，怎麼會的？難道我拿錯了？在那抽屜中，那是唯一的標本片，不可能有第二片！

而我在到手之後，自然也不可能有人在我這裏將之換掉的。

那麼，究竟是為了什麼呢？

也許是由於我當時的臉色十分難看，是以那位生物學家來到了我的身邊，拍了拍我的肩頭道：「算了，我不怪你！」

我吃吃地道：「我本來要帶給你看的，絕不是這樣的東西，不是那個！」

「那麼，是什麼？」他問。

我苦笑着：「現在我怎麼講，你也不會相信的了，還是別説了吧。」

「不要緊，説來聽聽。」

我道：「是一隻狐狸，一隻只有細菌大小的狐狸，要放在顯微鏡下，才能看得見。」

那位生物學家瞪大了眼睛望着我，他臉上的肌肉在抽動着，一望便知，他是在竭力忍住大笑，所以才會那樣的，而我也知道，他之所以竭力忍住笑，是因為不想傷我的自尊心。

我大聲叫道：「你想笑我，是不是？你為什麼不笑？你可以痛痛快快地笑一場！」

他真的笑了出來，但卻仍然忍着，他一面笑，一面拍着我的肩頭：「你大約是太空閒了，是以才有這種古怪的念頭想出來。」

我心中雖然十分憤怒，但是我卻無法發作得出來，我道：「你根本不相信我的話？」

他沉吟了一下：「嗯，一隻細菌大小的狐狸，你以為我會相信麼？」

我呆了一呆，是的，我怎可以希望人家聽了我的話就相信呢？我的話，就算講給一個小學生聽，小學生也未必會相信，何況我是講給一個生物學家聽。

我在剎那間，變得十分沮喪，苦笑着：「好了，只當我什麼也沒有說過，什麼也未曾帶來給你看！」

我一伸手，取回了那標本片，轉身就走。那位生物學家叫着我的名字：「你不必急於走，反正我也沒有什麼別的事！」我只是略停了一停，頭也不回：「不必了，不過請你相信一點，我絕不是特地來和你開這種無聊玩笑的！」

我直向外走去，到了門口，我立時上了車，那時，我的腦中亂到了極點，只知道駕車疾駛，直到一個交通警員追上了我，我才知道，在那十分鐘之內，我已有了四次嚴重的交通違例。

那交通警員令我將車子停在路邊，申斥着我，記錄着我的駕駛執照的號碼。

我被迫停了車，心頭便逐漸冷靜了下來。

我知道，這其中一定有蹊蹺。我到手的，明明是那夾着細菌大小狐狸的標本片，為什麼忽然變了？那古老大屋中，我一直知道博新是一個人居住的，如何又多出了一個陌生人？

本來，我準備在將那標本片送回去之後，再側面向博新打聽那可以在他的屋中自由來去的陌生人，究竟是什麼人，因為我偷了他的標本片去給人家看，總是很對不起他的事。

但是現在，事情既然起了那樣的變化，我改變了主意：現在就去問博新。

交通警員在申斥了我足足二十分鐘之後才離開，我繼續駕着車，來到了博新的那幢大宅之前，下車，用力按着門鈴。

不到一分鐘，我已看到博新從二樓的窗口探出頭來，大聲道：「什麼人？」

我也大聲回答道：「是我，快讓我進來！」

博新也看清楚是我，他「咦」地一聲，表示十分奇怪，接着，他便縮回了頭去，不一會，他已急步走過了花園，來到了鐵門前。

他一面開門給我，一面十分奇怪地望着我：「你的臉色很蒼白，發生了什麼事？」

我道：「進去了再說！」

博新拉開了門，我走了進去，一起來到了客廳中，坐了下來。

博新道：「有什麼事，快說啊！」

我心中十分亂，而且這件事，我也不知道怎樣開始敘述才好，因為我是對不起他在先的。但是我想了並沒有多久，就想到了如何開始。

我抬頭向樓梯上望了一眼：「博新，和你同住的那位朋友呢？為什麼你有客人來，他總是躲起來，不肯和人相見。」

博新的雙眼瞪得更大，望着我，在我講完了之後，他才道：「你喝了多少酒？」

我也瞪着眼睛：「什麼意思，你以為我是喝醉了酒，在胡言亂語？」

博新搔着頭，臉上一片迷惑的神色：「那麼，對不起，你在說什麼？」

「和你同住的那個人，他是誰？」我大聲問。

博新的神情更是古怪：「你究竟有什麼不對頭？我一直只是一個人住在這裏的啊！」

我冷笑着：「不必瞞我了，你和另一個人住在一起！」

博新攤開了雙手，「為什麼我和人同居，要保守秘密？我根本沒有結過婚，而且，也不是道學君子！」

我不禁給他說得有點啼笑皆非，忙道：「我說和你住在一起的那個人，是男人，不是女人！」

博新皺着眉：「衛斯理，你今天究竟是怎麼了，看你的樣子，也不像是喝醉了酒，倒像是吃了太多的迷幻藥，是不是？」

我盯着他，他不肯承認，我只好將事實說出來了，我道：「那麼，如果我說我見過那個人，半夜，在三樓的書房中，你怎麼說？」

博新呆了一呆，道：「你別嚇我，三樓的書房是我父親生前使用的，自從他死了之後，一直沒有人進去過。」

我道：「我進過去，第一次，是你帶我進去的；第二次，是我偷進去的！」

博新皺着眉：「我帶你到三樓的書房去？我看你的記憶力有問題了！」

一聽到博新那樣說，我從沙發上直跳了起來！

我惡狠狠地瞪着他，心中也已經知道，事情的不對頭，遠在我的想像之外！

我大聲道：「你說什麼？你未曾帶我進去過？博新，你為什麼要抵賴？」

我那時的神態，一定十分駭人，博新搖着雙手：「好了，好了，這是小事情，何必為了這些小事爭執，就算我曾帶你進去過，那又有什麼關係？」

「關係可大着啦，」我回答：「在那書房中，你曾給我看過兩件奇怪之極的東西！」

博新的神情很驚愕，他道：「是麼？」

看他的樣子，分明是在隨口敷衍着我的，我心中自然很生氣，但是我卻忍耐着，因為我總得將事情的經過，和他全講明了再說。

我道：「是的，我好奇心極之強烈，你是知道的，我想弄明白其中的原因，是以，我在昨天晚上，半夜，爬上了你三樓的書房，偷走了其中的一件，就在那時候，我看到那人的！」

博新像是無可奈何地笑了起來：「我給你愈說愈糊塗了，我根本不明白你在說什麼！」

我又不禁呆了一呆，因為我絕未曾想到，博新竟會說出那樣的話。

我來到了他的身前：「狐狸，和你的父親！」

我未曾將事情的真相全說出來，那是因為我還記得那天晚上的情形，怕我說了出來之後，博新會不高興，事實上，我也只要那樣說就夠了，提起了那隻狐狸和他的父親，他還有不明白的麼？

然而，他竟然不明白！

他望着我，他的神情，像是望着一個瘋子。

博新足足等了我十秒鐘之多，才道：「狐狸，我的父親，在三樓的書房中？唉，我求求你，你快直截了當地說吧，別再打啞謎了！」

我真的有點發怒了：「你為什麼要否認這一切，雖然不是令人愉快的事，但是，你父親和狐狸的事，是你自己告訴我的！」

看博新的神情，他也有點動氣了，他大聲道：「你究竟在胡說些什麼，我無法明白，如果你再那樣說些莫名其妙的話，我無法奉陪！」

我反倒笑了起來：「你趕我不走的，那狐狸，小得和細菌一樣，而你的父親，小得只有半吋長，我本來是不願意再說出來的，我爬進你三樓的書房，目的就是要偷那隻有細菌大小的狐狸，去給一位著名的生物學家看一看！」

博新發怒道：「你愈說愈無稽了，什麼叫做細菌大小的狐狸，我的父親又怎會縮成半吋大小？」

我本來是和博新一句接着一句在激烈辯論着的，但是這時，聽得他講出了那樣的話來，我也不禁完全呆住了，作聲不得。

我呆了好一會，才道：「你是真的不明白，還是給我知道了這個秘密之後，心中感到了不安，而不肯承認。雖然，我來偷那標本片去給人家看，但是我也決不會忘記我的諾言，我不會將那細菌般大小的狐狸的來源，講給任何人聽。」

博新揮着手：「等一等，等一等，你幾次提到細菌大小的狐狸，那是什麼意思，可是有一隻狐狸，牠只有細菌那麼大小？」

我大聲道：「自然是！」

「而你，」博新指着我，「曾在我的屋子三樓的書房中，看到過那樣的狐狸？」

我冷笑着，諷刺地道：「你的記憶力，現在應該可以恢復了！」

博新似乎不理會我的諷刺，他只是道：「好，有那樣的狐狸，在什麼地方，我也想看看！」

我又呆住了。

博新竟然那樣說！如果他不是極度的狡猾，那麼，他就是真的不知道。

然而，他是不可能不知道的。

所以，我道：「好的，如果你一定要繼續裝佯，那麼，到三樓的書房去，我來指給你看！」

當我那樣說的時候，我想到了一個可能，在那抽屜中，或者有兩片標本片，一片是細菌大小的狐狸；另一片，是我偷到手的。

由於我昨晚在書房中見到了一個陌生人，是以我在取到了標本片之後，並沒有放在顯微鏡下看上一下，我可能是取錯了！

我想，如果到那間房間中去的話，博新就再也沒有法子抵賴，我話才一說完，博新便點頭道：「好，那比我們作無謂的爭執有意義得多！」他也站了起來，我們一起向上走去，走上了二樓，博新便再向三樓走去，我跟在他的後面，快到三樓的時候，我便呆了一呆。

通向三樓處的那扇鐵門不見了！

我忙問道：「博新，那扇鐵門，是什麼時候拆掉的？」

「鐵門？」博新回過頭來看我，「什麼鐵門？」

他什麼都賴掉了，我忍住了憤怒，指着樓梯口：「這裏，原來有一道鐵門！」

博新「哼」地一聲，好像有點不耐煩了，他道：「你好像是從別的星球來的，這是我的家、我的屋子，為什麼我要在我自己的屋子樓梯上，裝一道鐵門？」

博新的話很有理由，他為什麼要在自己的屋子中裝一道鐵門，這個問題，的確無法答覆，但是，我卻知道，這裏原來真是有一道鐵門的。

我望了他一眼，來到了牆上，仔細地觀察着。

我可以肯定，幾天之前，在這裏有一道鐵門，但是這時，我仔細檢查着牆壁，卻找不出任何曾裝置過鐵門的痕迹來。

我呆了半晌，博新諷刺我道：「福爾摩斯先生，找到了什麼？」

這時候，我心中真是亂到了極點，我實在不知道該說什麼才好。

前後只不過相隔幾天，可是卻什麼都不同了！

當時的情形，我記得清清楚楚，可以說是歷歷在目，在我和博新兩人之中，總有一個是有了點毛病，不然怎會出現如今那樣的情形？

當然，我沒有理由以為我自己是做了一個夢，或者認為我當時所經歷的只是幻境。那麼，問題一定是出在博新的身上了。

第四部

黑暗中的驚恐

我並沒有回答什麼，逕自向樓梯上走去，這時，因為我走得快，博新反倒變成跟在我的身後，到了三樓，逕自來到了那間書房的門口，拉住了門柄。

在我要旋轉門柄，推門而入之際，博新突然叫了起來：「喂，你想作什麼？」

我轉過頭來：「你不是要帶我到三樓的書房來麼？現在我就要進去。」

博新笑了起來：「衛斯理，這就證明你未曾到過我屋子的三樓，你現在要推開的那扇門，並不是三樓的書房，那只是一間儲藏室！」

我呆了一呆，我的記憶力還不至差到這種程度，我用力推開了門，可是當我推開門之後，我呆住了！

那的確是一間儲藏室！

房間之中，堆滿了各種各樣的雜物，而且，顯然已很久沒有人到過這房間，因為房間之中，塵積得很厚，窗上也蒙着一層厚塵。

我呆立了好半晌，才道：「那麼，你……三樓的書房，是在什麼地方？」

我那時的神情，一定很值得可憐，因為我在博新的臉上，看到了同情我的神色。

他伸手向前指了一指：「在那裏。」

接着，他便向前走去，走過了一個小小的穿堂，來到了另一扇門前，轉動門柄，推開門來，那是一間佈置得很大方的書房。

那書房看來，不是有人經常來的樣子，而且，書房中的一切，和我前兩次來的時候，完全不同，根本不是同一間房間。

我心中更亂得可以，但是我竭力鎮定心神，我知道這其中一定有着極度的蹊蹺，而所有的關鍵，自然都是在博新的身上。

我並沒有走進書房去，只是呆立在門口不動，博新在我的身後：「你不是要看我三樓的書房麼？你說你曾進來過這裏？」

我並不轉過身來，也並不回答博新的問題，我只是緩緩地道：「博新，我一直以為我和你是好朋友，但是現在我知道，我錯了！」

我直到講完了那幾句話，才轉過身來，直視着博新，在博新的臉上，現出十分錯愕的神情來：「什麼事，那麼嚴重？」

我伸手推開了他：「你自己知道！」

一推開了他之後，我就向樓下奔了下去，當我下了樓之後，我才又轉身，向跟在我身後的博新道：「你有事隱瞞着我，這不是對付好朋友之道。但是，如果你真有什麼不能解決的困難，你來找我，我還是會幫助你！」

博新並沒有說什麼，只是攤開了手。

從他的手勢來看，他像是根本不明白我在說些什麼，而我也沒有必要再向下說去了，我直來到了大門口，穿過了花園，離開了博新的屋子。

當我回到了我的車子中之後，我坐了一會兒，在那片刻間，我心中十分憤怒，因為我感到被人愚弄了！

而愚弄我的人，自然就是我將他當作好朋友的博新，這的確是令人憤怒的事。

可是，當我在駕着車，駛出了一段路之後，我漸漸地心平氣和起來，那時，憤怒的情緒減低，但是心中的紊亂，卻愈來愈甚了。

一個縮成只有半吋長短的人，一隻縮成了只有細菌大小的狐狸，本來已經夠怪異的了，可是現在，事情變得加倍怪異！

我感到極需要靜下來好好地想一想，是以我在駛過公園的時候，將車停在公園旁，走進了公園，在一張長櫈上坐下來。

我根本不知道該想什麼才好，過了好一會，才理出了一個頭緒來。

首先，肯定那天晚上，我們在博新家中鬧了個不歡而散，結果，博新邀我到三樓去，看那兩件怪異莫名的縮小了的人和狐，這件事是事實，不是我的幻覺。肯定了這一點之後，冷靜地去思索，為什麼當我再度上博新的屋子的三樓時，一切全都不同了，我想到了一個唯一的理由，那就是，博新已發現我曾經偷上過三樓去，偷那標本片。

當他發現了這一點之後，他的心中自然十分憤怒，因為當晚他曾千叮萬囑，叫我切切不可將他的秘密，講給任何人聽。

自然，在他的心目中，我已經不是一個可靠的朋友，為了防止秘密的泄露，他拆除了那道鐵門，搬開了那書房，再將什麼都賴掉。

這樣的推測，看來很合理。

但是，仍然有三個大疑問，在我的心中打着結。第一個疑問是：何以我偷到的那標本片，不是夾着那細菌大小的狐狸的那一片？

第二個疑點是：博新從何知道，我偷上過他三樓的書房？至於第三個疑點，我想，那一定是問題的關鍵了，那便是：當我在半夜三更，偷進屋子時，在三樓的書房中遇到的那陌生人，究竟是什麼人，以及那陌生人在紙上究竟想寫出什麼事實來？

愈往深一層想，便愈是撲朔迷離！

在公園中坐了許久，我仍然想不出究竟，但是我卻決定了一點：晚上再偷進博新的屋子去！

我之所以有那樣的決定，是因為肯定在那幢古老的屋子中，一定有着十分神秘的事情，這種神秘的事，是造成我目前困惑的最大原因。

我緩緩走出了公園，駕車回到了家中。

那一天，餘下來的時間，恍恍惚惚，不住地在想着那一切幾乎全屬於不可能的事！

我打電話給我和博新共同的朋友，他們也全都去過博新的屋子，我問他們，是不是曾到過三樓。

我所得的回答，全是否定的。

我又提及那天晚上不歡而散的事情。

那天晚上，曾在博新家中的人，都還可以記得當晚我們的話題，以及博新突如其來的發脾氣，以及各人相繼離去，只有我一個人留着。

自然，他們離去之後，無法再知道我和博新之間，又曾發生了一些什麼事。

然而我卻可以肯定，那一晚上的遭遇，絕不是我的幻想。

那一天接下來的時間，我坐立不安，將整件事的經過，全都記錄了下來，因為事情詭異，詭異得使我不敢想像發展下去會出現一些什麼變化，或許我會遭到不測，是以我要將我經歷的事情記下來。

好不容易等到天黑，還得等到深夜。為了消磨時間，我接連去看了兩場電影，可是，人雖在電影院中，銀幕上究竟在映些什麼，我卻完全無法看得進去。

等到最後一場電影散了場，夜已很深了，我駕着車，在博新屋子旁的一條街停下。

走出車子，已可以看到那幢古老的屋子，全幢屋子都黑沉沉地，只有二樓的一個窗口，有昏黃的燈光射了出來。

我對這幢屋子很熟悉，一看就知道有燈光透出來的房間，是博新的臥室，那也就是說，他還沒有睡。

我略為遲疑了一下，立即決定現在就行動，我對自己的行動，相當有信心，我想不會在三樓弄出什麼聲響來，以致驚動博新。

我雙手插在褲袋中，向着圍牆，慢慢走了過去，當我來到了圍牆下的時候，我心跳得十分劇烈，而且那自然而然，無法抑制。我又將進入這充滿了神秘氣氛的屋子，去揭開那一切不可解的謎，我的心情，總不免有多少興奮。

我只肯承認自己的心情興奮，而不肯承認自己的心中，多少還有幾成害怕！

我在圍牆下只停留了極短的時間，就開始向上攀去，接着，我輕輕跳了下來，落在花園中。

我抬頭看着那幢屋子，二樓有燈光的那房間中，好像有一個人在走來走去，人影有時遮住了燈光。從影子來看，在不斷走動的人，正是博新。

我繞到屋後，順着水管向上爬，當我爬到了二樓的時候，我略停了一停，心中在想：博新為什麼在他的房間中不斷走來走去？

在那一剎那間，我真想移過身子，移到博新臥室的窗子旁邊去看個究竟。

但是我立時打消了這個念頭，自己告訴自己：別節外生枝了，先去探索三樓的秘密要緊。

我又向上攀去，輕而易舉地弄開了那個窗子，閃身進去，然後，又打開了那間房門。

一切和我上一次偷進來的時候完全一樣。但是這一次，當我打開了房門之後，我首先向樓梯口探頭看了一眼，看看那裏是不是有一道鐵門。

樓梯上沒有鐵門。

我輕輕地走着，來到了我認為是三樓書房的門口，弄開了門，推開門來。

那門內並不是書房，而是一間堆滿了雜物的房間。

那情形，和白天博新帶我上三樓的時候一樣，但是和我第一次自己偷進來的完全不同。

我在門口略呆了一呆，還是向內走了進去。

我自信我沒有理由弄錯，這裏原來一定是書房，只不過不知為了什麼原因，博新在最短的時間內，將它變成了雜物室。

我走了進去之後，反手將門輕輕關上。

懼。

房間中一片漆黑，我只感到我自己在微微地發着抖，有一種遍體生寒的恐

我停了片刻，才將我帶來的電筒着亮。

電筒一亮，我首先看到一疊箱子，我移動着電筒，電筒的光芒，又照在一座極其古老的座地鐘上，然後，電筒光又照在一張椅子上。

當電筒的光芒照在那張椅子上時，我整個人都變得僵呆了。

那是一張古老的旋轉椅子，電筒的光芒，先是照在漆皮的椅背之上，然而，當我的手，略動了一動，電筒的光芒，移出了椅背的範圍之後，我卻看到，在椅背之上，是人的雙肩，人的頭。

有一個人，坐在那椅子上！

那個人，背對着我！

我為了一件神秘詭異之極的事情而來，如今忽然又出現了那樣的情形，心中的震動、驚駭，實在可想而知！

在那剎那間，我只覺得頭皮發麻、雙腿發軟、遍體生寒，想大聲叫，可是張大了口，喉頭卻偏偏像是被什麼東西堵住一樣，一句話、一點聲也發不出。

就在那要命的一剎那間，由於我的手在不由自主地發着抖，我抓不住手中的手電筒，手電筒「啪」地跌在地上，熄滅了！

眼前變成了一片黑暗！

這時，我還在心中拚命安慰着自己：在椅上的，一定是一個木頭人，或者，是一個橡皮人，沒有什麼人會坐在一間雜物室中！

然而，這一點最後希望，也告破滅了！

手電筒落在地上，熄滅了之後，我在那剎那間，由於突如其來的黑暗，變得什麼也看不到。但是，我的聽覺還很靈敏。

我聽到，在我的前面，傳來了一陣「吱吱」的摩擦聲，那一陣摩擦聲很短暫。

我的心直向下沉，因為我聽得出，那一陣「吱吱」聲，正是那張古老的旋轉椅在轉動的時候所發出來的。那聲音既然如此短暫，也就是說，椅子只不過轉動了半圈而已。

那說明：那個坐在椅上原來是背對着我的人，現在已經轉過來，變得面對着我了！

我的身子，幾乎軟癱下來，但是在那樣的情形下，我反倒掙扎着講出了一句話來，雖然我的聲音，聽來就像是在呻吟一樣，我問道：「你，你是誰？」

我發出的聲音，在黑暗之中，慢慢地散了開去。

我在等待着回答，但是我卻得不到回答，那一段時間，大抵不會超過十秒鐘，然而，那是世界上最長的十秒鐘，我覺得我的頭髮，像是一根一根全豎了起來。

我又發出了一下呻吟也似的聲音：「你為什麼不出聲！」

這一次，居然立時有了回答，我先聽到一下冷笑聲：「你叫我怎麼回答？你闖進了我的地方來，卻還要問我是什麼人！」

那是我從來也未曾聽到過的一個陌生的聲音，聲音低沉得使人心直向下沉。那決不是博新的聲音，就算假裝，博新也裝不出那種聲音來。

我在不由自主地喘着氣，但這時，我剛才被嚇出竅的靈魂，總算又回來了，我道：「你的地方？我以為，這是我的朋友酒博新的屋子！」

那低沉的聲音又冷笑着：「那個叫酒博新的人，一定要後悔認識你這樣的朋友，因為你像賊一樣偷進來！」

我可以忍受着他的譏嘲，但是我卻無法再忍受眼前的黑暗，我反手在門旁摸索着，摸到了電燈開關，我按下了電燈開關，發出了「啪」地一聲響，但是，燈卻沒有亮，眼前仍是一片漆黑！

那情形，就像是在噩夢中一樣，夢裏，在黑暗之中，亟欲着燈，可是，沒有一盞燈會着！我的手又不禁發起抖來，但是那人，卻發出了一陣聽來十分怪異的聲音，他道：「我喜歡黑暗，所以房間中沒有燈！」

我發出了一下呻吟聲來，這一次，是真的呻吟聲，那人又道：「你可以說了，你是什麼人！」

我忽然想到，當我上來的時候，我看到二樓的臥室中有燈光，博新還沒有睡，這時候，如果我能大聲叫喚，將博新引上來的話，情形至少會好一些。

我一想到了這一點，立時就大聲叫了起來，我叫着博新的名字，希望他聽到了我的聲音之後會上來。

但是我叫了許久，卻一點結果也沒有。

而那人在我停止了叫喚之後，又道：「這屋子中只有我一個人，你再叫也沒有用的！」

我大聲道：「胡說，我的朋友博新，就在樓下！」

那人又怪聲怪氣地笑了起來，我立時想到，博新或者聽不到我的喚聲，我可以衝下樓去找他，我立時轉身，拉門。可是，門卻不知在什麼時候鎖上了！

我立時又轉回身來，這時，我已經感到，眼前的事實很難改變！

而眼前的事實是：我必須和那個人在黑暗之中對峙下去！

我吸了一口氣：「好了，不論你在玩什麼花樣，你是什麼人？」

那人道：「這正是我要問你的問題。」

我勉力鎮定着心神，我想，那人未必會傷害我，如果他要傷害我，一定早出手了。而他既然不會傷害我，他就算再神秘，我又怕什麼？

這樣一想，膽子登時壯了起來，講話也流利了許多。

我道：「我是一個好奇的人，因為我在這屋子中，遇到過一件不可解釋的怪事，所以，我要來探尋究竟。」

看來，那人也是一個好奇的人，他立即問道：「你遇到的是什麼怪事？」

我緩緩地道：「第一，在我的朋友屋子中，有一個陌生人；第二，這間房間，本來是一間書房。」

那人又道：「還有呢？」

我的手又向旁摸索着，我已抓住了一張椅子，而且，這時候，在黑暗中久了，我也約略可以辨出眼前的情形來，我看到，那人仍坐在那旋轉椅上，他的確面對着我，但是我卻看不清他的臉面。

我道：「暫時就是這些！」

那人笑着，他的笑聲，令人聽來有全身發癢的感覺，他道：「第一，這裏本來是一間雜物室；第二，這屋子就是我的！」

我立即問道：「你是什麼人？」

那人道：「那不關你的事，現在，你希望我怎樣來處置你？」

我呆了一呆：「什麼意思？」

那人又陰陽怪氣地笑了起來：「我不信你真的不明白是什麼意思，你擅自進入我的屋子，懷有不良的動機，你說是什麼意思？」

那時，我氣得幾乎要炸了開來，我大聲地道：「好，歡迎你召警員來，等警員來了，我倒可以弄清楚，這裏究竟是誰的屋子，而你，究竟在搗什麼鬼！」

當我講到最後的一句話時，我實在忍無可忍了，我不但伸手直指他的鼻子，而且，我還大踏步向前走去，我幾乎要給種種疑問逼得爆炸，我直來到了他的面前，而且，毫不考慮，就打出了一拳。

那一拳，我自然還不至於火氣大到向他的臉上打去，我是向他肩頭擊出的。但是，我那一拳的力道，卻十分大，我的估計是，我這一拳，打中了他之後，他是一定會連人帶椅向後跌了出去。

果然，事情如我所料一樣，我一拳擊中了那人，那人的身子向後一仰，他所坐的那張椅子，也向後一仰，砰地一聲，跌在地上。

那一下的聲響十分大，我立時踏前一步，我看到那人在地上，向前爬着，我也看不清他爬向何處，因為房間中，十分黑暗。

他好像是爬向兩隻大箱子的中間，我踏前一步，追上去，想俯身去抓住他的足踝。

可是，就在這時，我的眼前突然一亮，在剎那之間，我簡直不明白究竟是發生了什麼事！因為那光亮來得如此突然，而且，是從我頭頂之上照下來的，似乎整個房間，都在那種光亮的照射之下！

這種情形，說穿了其實普通之極，只不過是天花板上的電燈，突然亮了起來而已，可是在那樣的情形之下，而且，我還曾開過那電燈開關，燈並沒有着，現在電燈卻忽然亮了，我心中的驚愕，真是難以形容！我還彎着身子，不知該如何才好。也就在那一剎那間，我聽到了博新的一下斷喝聲：「什麼人！」

一聽到博新的聲音，我便鎮定了不少，因為博新畢竟是我的好朋友。

我連忙直起了身子來：「博新，是我！」

在燈光的照射下，博新自然可以看清我是什麼人，我也可以看到他，他正站在門口，一隻手還按在電燈的開關之上。

我可以說，我從來也未曾見過一個人，臉上的驚愕的神情。是如此之甚的！

他張大了口，在他臉上的每一根肌肉，都在盡力表現着他心中的驚訝，他道：「是你，衛斯理，你，半夜三更，在這裏作什麼？」

我在那樣的情形下，也實在不知該如何向他解釋才好，我只好道：「你說這屋子中，只有你一個人居住，但是現在，我卻見到了另一個人！」

博新的口張得更大，在剎那之間，他吸了好幾口氣：「那人在哪裏？」我立時向那兩隻箱子中一指，道：「在——」我本來自然是想說「在那裏」的。可是，當我說出了一個字之後，我便呆住了！

在那兩隻大箱子之間，並沒有人，那裏，只不過有着幾隻紙盒子，而那幾隻紙盒子，又分明絕對藏不下一個人！

那怎麼會？那實在不可能，我剛才明明一拳擊中了那人，那人連人帶椅翻倒在地，他急急地向前爬，爬向那兩隻大箱子之間，我俯身待將他拖出來。

就在我俯身下去的時候，電燈突然亮了，對我來說，電燈突然亮起，是一件意外之極的事，因為我曾開過電燈，而電燈不亮！

在電燈剛一亮的時候，我自然感到極度的慌亂，我也沒有注意那人又爬向何處，事實上，那人是沒有什麼地方可以去的，因為那兩隻大箱子靠牆放着。

可是，現在，那人卻不見了！

我的手還向着那兩隻箱子指着，縮不回來，可是我卻在講了一個字之後，再也講不下去，只是僵立着。

博新已向前走來，他皺着眉：「衛斯理，你究竟在搗什麼鬼？你臉色為什麼那麼難看？」

我自己也可以知道我那時的臉色，一定難看得可怕，因為我只覺得身子一陣陣發寒！

我道：「你，你剛才站在門口，可曾看到一個人，從這兩隻箱子之間離去？」

博新道：「沒有，我只看到你——唉，我怎麼那麼蠢，竟然會回答你這樣的問題！」

可是我卻又問道：「你也未曾見到有人走出去？」

「那怎麼可能？」博新也有點不耐煩了，「我就是從門口走進來的。」

立。

我急步走向門，「砰」地一聲，將門關上，然後，轉過身來，背靠着門而

我向幾扇窗子，望了一眼，那幾扇窗子都緊閉着，可以肯定，決不曾有人從窗子離開。

在那一段短短的時間內，博新以極其疑惑的神情望着我，我也不由自主，喘了喘氣，我的心十分亂，我必須理出一個頭緒來，才能向博新解釋發生的事。

我道：「博新，你聽着，別插嘴，也別發問。」

博新總算是好朋友了，在那樣的情形下，他雖然不免猶豫，但還是點了點頭。

我道：「我偷進這裏來——你先別問我是為什麼，我打開門進來，就看到在那張椅子上，坐着一個人，他背對着我！」

第五部

懷疑腦神經分裂

博新的臉色也變了，試想，在一幢古老大屋中，在午夜，聽一個面色發青的人，講起一件那樣的事來，膽子再大的人，也會吃不消。

博新向我走近了幾步，他還在強壯着膽子：「你別胡說！」

我道：「一點也不胡說，當我一看到有人的時候，雖然我不是一個膽小的人，但是也將手中的電筒，嚇得跌在地上，那人則旋轉着椅子，轉過了身來……」

接着，我將我如何後退一步去開電燈，但是卻開不着，又將我和那人在黑暗之中的談話經過，以及我怎樣去打他，都說了出來。

博新望着那張跌翻了的椅子：「可是我不明白，你現在，想說明些什麼呢？」

我一字一頓地道：「我想說明的是，那人沒有機會走出這房間去，他仍然在！」

博新的身子不禁在微微發抖，他道：「可是，你看到，這房間中，除了你和我之外，不會有第三個人，除非你遇到的那個是——」

他講到這裏，便住了口，沒有再講下去。

但是他不必講下去，我也可以知道，他想講而未曾講出來的那個字是：鬼！

我望着他，苦笑着，的確，像目前那樣的情形，只有「見鬼」才能解釋。但是，我也當然不會接受那樣的解釋。

我雖然未曾說什麼，但是我卻堅決地搖着頭，博新自然也可以明白我的意思，他也苦澀地笑着，道：「你要知道，這是一間古老的屋子！」

他講到這裏，嘆了一聲：「給你這樣一鬧，我也住不下去了！」

我忙問道：「你是為什麼會上來的？」

博新道：「我正準備睡覺，聽得上面有『砰』地一下聲響，我自然要上來看看。」

我忙道：「是了，那就是我一拳將那人打得連人帶椅跌翻下去的聲音。」

博新望了我半晌，才道：「可是，單單一張椅子跌翻在地，也會發出同樣的聲響來。」

我一呆：「你這樣說，是什麼意思？」

博新緩緩地道：「我和你是老朋友，所以，我說那一切，全是你的幻想，你說你不能着亮燈，可是為什麼我一下子就能着亮呢？」

他一面說着，一面又伸手在電燈開關上，將燈開了又關，關了又開，接連好幾次！

我搖着頭：「我不明白，我沒有別的話好說，我只能說，我不明白。」

博新拍了拍我的肩頭：「或許你是太疲倦了，今天早上你來找我，態度就不怎麼正常，你說什麼一隻和細菌大小的小狐狸——」

我叫了起來：「那是真的！」

博新嘆了一聲：「你的情形或者沒有那麼嚴重，但是，在腦神經錯亂的症狀之中，有一種是將子虛烏有的事情，認作真有其事，或者情形恰好相反，明明有的東西，他會覺得不存在，例如一個有這種症狀的人，會忽然以為自己失去了雙手！」

博新講得十分正經，可是我聽了，卻不知道是笑好，還是生氣好。

我等他講完，才道：「你說，我像不像一個神經病者？」

博新也不禁笑了起來，他道：「你當然不像，可是，你可能不自覺地間歇有那種症狀！」

我道：「好，說來說去，我還是神經病！」

博新嘆了一聲：「可是，請原諒我，你想，你講的那一切，有誰會相信，你甚至以為，我的屋子之中，有一道鐵門！」

我揮了揮手，還想分辯說那是真的，因為我還記得那天博新如何取鑰匙的情形。但是，我卻終於未曾說什麼，只是嘆了一聲。

因為不論我說什麼，他都是不會相信，他甚至以為我患了腦神經分裂症！

如果我是一個肯接受挫折的人，那麼在如今這樣的情形下，我一定放棄這件事了，我可以完全忘記這件事，以後，我仍然可以正常地生活。

但是我卻不是這樣的人，打擊愈是大，挫折愈是深，事情愈是不可思議，我愈是要探索究竟。

是以雖然博新已經以一連串的小動作，在暗示着我應該離去，但是我還是道：「以前的一切不去說他，現在，我有一個不情之請。」

博新嘆了一聲：「你也已經麻煩得我夠了。」

我不理會他的不耐煩，仍然繼續着：「我要住在你這裏，對你這所房子，作進一步觀察。」

博新皺起了眉：「這，不太過分一些麼？」

我承認過分一些，但是我卻仍然堅持着：「是的，對這個要求，你或者有困難，然而就算你不答應，我還是要不斷偷進來察看究竟。」

博新並沒有說什麼，只是背負着雙手，走來走去。

我又道：「為了證明我所說的一切不是假的，我再問你一個問題。」

博新抬起頭來。

我立時道：「你父親是怎麼死的？」

我一問出這個問題之際，便全神貫注地望着博新，看他的反應。

因為當晚，我們幾個朋友在他的家中，只不過談到了宇宙間的一切全在擴張的問題，他的情緒便已顯得那麼不平靜。

照說，他在聽到了我那樣尖銳的問題時，應該有尖銳的反應才是。

我看到他的雙眉，倏地蹙在一起，那種神情，好像是他在一聽到了我的問題之後，在剎那之間，想到了一件什麼重大的事情一樣！

但是，接着，他緊蹙的雙眉，便舒展了開來，他道：「你這問題太奇怪了，你說我的父親？他自然是病死的，人老了，總會病死的。」

我冷笑着：「你父親的情形，只怕有些不同吧，他的身子在每天縮小一半，你難道一點也不記得了？」

博新望了我半晌，才無可奈何地搖着頭：「你又來了！」

他只是輕描淡寫地說了四個字，便將我所說的一切，全都推翻了。

我也只好嘆了一聲，博新又道：「我習慣一個人住在一間大屋子，雖然你是我的朋友，但是我卻也不想因你而破壞我的生活習慣，所以——」

我在這時候，揮着手，打斷了他的話題：「博新，你有什麼事隱瞞着我？為了什麼？我想如果你不對我實說，那是十分不智！」

博新大搖其頭：「我根本不知道你在說些什麼！」

我和他之間的談話，到達了這一個地步，實在是沒有什麼可以說下去的了，我道：「好的，那我告辭了，我盡可能以後不再來麻煩你，但是到有一天，忽然想起要我幫助的話，不妨來找我。」

他拍着我的肩頭：「我也有一個忠告，你應該去找一個腦科醫生，檢查一下！」

如果不是我和他是老朋友，又如果不是我看出他在那樣說的時候，一點也沒有狡猾的神情，我真想狠狠地給他一拳！

但是我雖然未曾打他，臉上的神情，也決計不會好看到什麼地方去，我一轉身，就向外走去。

當我來到了街道上的時候，街道上靜得一個人也沒有，晚風吹來，我感到了一絲寒意。

來到了車邊，停了片刻，我將整件事的經過，又仔細地想了一遍，當我想到博新說，要我到腦科醫生處好好地去檢查一下時，我也不禁苦笑了起來。

我想，博新的話，或者是有道理的，因為我所遇到的一切事，實在是太不可思議了，根本沒有任何的假設可以解釋這一切事。

那麼，這是不是真有可能，我將自己的幻想當作了事實？也就是說，我是不是真已有了腦神經分裂的症狀呢？

想到了這裏，我更感到了一股寒意，身子也不由自主，發了一下顫，我鑽進了車中，駛着車緩緩回家去。

第二天上午，我就來到了一個著名的腦科醫生那裏，去作詳細檢查。那位腦科醫生在聽了我的敘述之後，也認為我的症狀，十分嚴重，他又打電話叫了兩個神經病科的專家來。

兩個專家，對我做了種種的檢查、測驗，在那三小時之中，我簡直被他們弄得頭昏腦脹。

但是三小時下來，那三位專家又會商了十幾分鐘，他們的結論卻是：我一切都正常。

我一切都正常，那就是說，我不會將我自己的幻想，當作事實，也就是說，我所遭遇到的那一切稀奇古怪的事，全是真的。

當我聽到了三位專家的結論之後，我着實有啼笑皆非的感覺，因為我寧願那是我腦神經分裂，也比有着那一連串無可解釋的怪事藏在心中好得多。

離開了醫務所之後，既已肯定我的一切正常，那麼，這一切怪事，毛病自然出在酒博新身上。於是我有了一個新的決定，我的新決定是，我要監視、跟蹤博新。

因為看來唯有這一個辦法，才可以解開博新何以忽然改口，抹殺一切事實之謎。

我回到了家中，將自己化裝成一個看來已上了年紀的人，然後，我還帶了望遠鏡、紅外線遠程攝影機，驅車來到半山的一條道路上。

距離博新的屋子大約兩百碼，可以看到他屋子的全部情形，而且，那地方很僻靜，就算我將車子停上幾天，也不會有好管閒事的人來干涉我。

當然，要觀察博新在家中的一切活動，最好是等天黑，天黑了之後，屋中亮起了燈光，自然就可以看到博新在做些什麼了。

我在車廂中支起了兩個三腳架，一個是裝置望遠鏡的，另一個裝置攝影機。

我準備將博新的可疑活動，拍成照片，那樣，就可以使得他在確鑿的證據之前，無法再狡賴。

雖然我認識了博新很多年，而且，我也當他是好朋友，可是現在事情卻太蹊蹺，那叫我不得不對他作重新的評價。

我是黃昏時分在那偏僻的山路上停下車子的，天色很快就黑了下來，但是我並不急於行動，我放下了車中的座位，躺了下來。

我睡了兩個多鐘頭，等到我睡醒，坐起身來時，我看到那幢屋子的一個窗口中，有着燈光。

我連忙從望遠鏡中看出去，有燈光透出來的是二樓，博新的書房。

我也看到，博新坐在一張舒適的椅子上在看電視，我甚至可以看到，電視上在播映什麼節目。

博新好像看得很聚精會神，我也一直注視着他，他看了十五分鐘左右，站了起來，倒了一杯酒，然後又坐下來看電視。

他足足看了一小時電視，在那一小時中，我不舒服到了極點，侷在車廂中，而且，還要專心一意地注意着他！

謝天謝地，他總算不再看電視了，站了起來，關掉了電視機，然後走了出去。

我不知道他走出去幹什麼，只看到他臥室的燈光，曾亮了一亮，然後立即熄滅，好像是他曾到臥室之中，去打了一個轉。但是我也不知道他在臥室中做什麼，他的臥室的幾個窗子中，都落着窗簾。博新立時又回到了他的書房中，他在寫字枱前，坐了下來。那時，他的臉正對着窗口，我可以清楚地看見他臉上的神情。他緊蹙着眉，好像在想什麼，他雖然坐在桌前，但是卻什麼也不做，只是坐着。過了十分鐘左右，我猜是電話鈴突然響了起來，因為博新拿起了電話聽筒，並沒有撥號碼，就講起話來。

這時候，我不禁十分後悔，沒有事先在博新的屋子中，放置幾具偷聽器，如果有了偷聽器，那麼，我就可以知道他在和誰通電話，以及他在講些什麼！

這時，我自然不知他是在和什麼人通電話，可是，我卻注意到了他的一個十分奇異的動作，他一面講着電話，一面不斷抬頭向上瞧着。

他是不斷抬頭在望着天花板，但是，在天花板上，卻又什麼也沒有。

我起先，不明白他那樣是什麼意思，我還以為那是他習慣性的動作。可是接着，我便又發現，他在每次抬頭望向天花板的時候，臉上總現出十分驚恐的神色。

可是，天花板上並沒有什麼東西值得他驚恐，我心中猶豫了好一會，突然之間，我心中一動，想到是為了什麼。

他的書房在二樓，在他的書房之上，就是三樓的那間雜物室。

從博新這時的動作來看，他一定是聽到了在三樓的雜物室中，有什麼聲響傳了下來！

一定是的，我立即肯定自己的推想，一定是三樓那間房間中有什麼異樣的聲音傳了出來！

而三樓的那間房間，是一切神秘事情的泉源，它本來是書房，我在那裏看到過細菌大小的狐狸和只有半吋大小的死人，我也曾在那裏偷過那標本片，也是那房間，當我第三次去的時候，變成了雜物室，而在我第四次去的時候，卻遇到了一個會突然消失的人！

一切怪事，全在那一間房間中發生，而如今，那房間中一定又發生了什麼事，有奇異的聲響傳出來，所以才令得博新頻頻抬頭，向上望去。

我十分緊張，先將望遠鏡的鏡頭，向上移了移，移到了三樓的那個窗口，那窗口黑沉沉地，什麼也看不到，我又去看二樓的窗口，博新放下了電話，他又抬頭向上呆望了半晌，站起身來，向外走去。

我又看不到他去做什麼了，我的心中十分焦急，手心也在冒着汗。

緊接着，我看到三樓的那間神秘房間突然亮起了燈光，這時候，我的心幾乎從口腔中直跳了出來，我一定可以有極大的收穫了。

我緊盯着那窗口，要命的是，那房間的窗上，雖然未曾拉上窗簾，但是窗口的積塵卻很厚，我看不清楚房間中的詳細情形。我所能看到的，只是朦朧的一些影子。

我看到，房門已經打開，在房門口，站着一個人，從那人的身形看來，我斷定他是博新。

我看到他在門口站了極短的時間，便走進了房中，我的心跳得更劇烈了！

雖然，房間中的情形，我看得不是十分清楚，但是我也可以看出，他是在走向一張椅子，而在那椅子上，坐着一個人！

那坐在椅子上的人，是背對着他的！

而博新只是向前走着，來到了離椅子有三四呎處，就停了下來。

他可能在講話，但我當然無法看到他口唇是不是在動，然而他沒有別的動作，足以證明他在進了那房間，看到了那人之後，並不是十分驚訝，他並沒有突如其來吃驚的大動作。

如今那樣的情形，只說明了一點：他早知房中有人！

神秘大火毀滅一切

博新果然有事瞞着我！他早知道這房間中有人！

剎那之間，不知有多少問題，湧上了我的心頭，但是我一個問題也不細想，因為我正忙着，將我可以看到的情形，拍成照片。

博新在那人的身後，站了五分鐘左右，才轉身向門口走去，當他走到門口的時候，燈熄了。

我呆了半晌，我已攝到了博新看到那人的照片，雖然照片洗出來之後，可能很模糊，但是在經過放大之後，總可以看到是有一個人坐在椅上，他再也不能否認另外有一個人在他的屋子之中！

我總算已有了收穫，可是我心中的疑惑卻更甚，我不明白那人和博新是什麼關係。

現在，照情形看來，那個神秘人物是一切神秘事件的中心！

我曾見過那神秘人物，而且曾和他講過話，那神秘人物，還曾被我打過一拳！他自稱是那屋子的主人，而那屋子又是博新祖傳下來的！

我想到這裏，不禁苦笑了一下，因為看來事情愈來愈複雜了！

我沒有再想下去，因為我已看到博新又在二樓的書房中，他來回踱着步，手放在背後，腰彎得很低。從他這種樣子看來，一望而知，他有着十分沉重的心事。

他踱了好久，我又拍了幾張照片。

然後，他在書桌前坐了下來，當他坐在書桌前，以手撐着頭的時候，他臉上那種惘然失措的神情，令我也替他感到了難過！

我看到他好幾次拿起電話聽筒來，也不知道他想打電話給什麼人，但是每一次，拿起了又放下，最後一次，他已撥了一個號碼，但結果，還是放下了電話。

他的每一個動作，都表示他的心中有着極其重大的心事！

在他那樣猶豫不決、想打電話又不打的時候，我又拍了幾張照片。

然後，在他站了起來、望着天花板發怔的時候，我又拍了幾張，博新站了起來之後，就走出了書房，書房的燈熄了。

接着，他臥室的燈便亮了起來，我看不清他臥室中的情形，過了十分鐘，臥室中的燈也熄了，我又等了半小時，那幢屋子中一絲光亮也沒有，我知道博新一定已經睡着了，我再等下去，也不會有什麼結果，而且，今晚我的收穫也已夠大的了。

我跑回家，在黑房中，又工作了一小時，將照片沖了出來，並且揀幾張較為清晰的放大，那幾張照片中，以博新望着天花板發怔的那張最好，在三樓那間神秘房間中的幾張，都很模糊，我揀了一張比較清楚些的，在那一張中，可以看到博新站立着，那張安樂椅上也確實是坐着一個人。

我認為滿意了，將照片夾了起來，才去睡覺，那時候，天已快亮了。

我睡到第二天中午時分，醒來之後，第一件事就先去看那些照片，因為整件事實在太神秘了，我在沉睡中，便曾做了一個噩夢：那些照片，忽然變成一片空白！

幸而還好，我的噩夢未曾變成事實，那些照片很好，乾了之後，比濕的時候，看來更為清楚些。

我洗了臉，略為吃了一點東西，先和博新通了一個電話，我在電話中道：「我想來看看你！」

博新呆了一會：「如果你再像前兩次那樣胡言亂語，那麼，我不歡迎。」

我笑着：「這一次不會了，你知道麼？昨天，我離開你的屋子之後，先去找了幾個腦科、神經病科的專家，然後又做了不少事，才決定今天再來看你的。」

博新又呆了半晌，才道：「醫生怎麼說？」

「見面詳談好麼？」我提出要求。

這一次，博新猶豫了好久，才十分勉強地答應道：「好的，你來吧！」

我放下了電話，用一隻牛皮紙袋，裝起了那些照片，然後上了車，二十分鐘之後，我已將車停在博新屋子的門口，博新走出來，打開了鐵門讓我進去，到了他的客廳中，他又問道：「你說去找過醫生，醫生怎麼說？」

我坐了下來：「三個著名的專家，對我作了詳細的檢查和測驗，他們一致認為我一點問題也沒有！」

博新的反應很冷淡，他只是「哦」地一聲：「其實，你可以在電話中將這個結果告訴我。」

我望着他：「你明白麼，我正常，那就是說，我絕不會將幻想當成事實，也就是說，我在你屋子之中——」

我才講到這裏，博新已現出極其憤怒的神色來，他揮着手，吼叫道：「我的屋子中，沒有鐵門，除我之外，也沒有別的人，更不會有什麼細菌大小的狐狸，而當你離開之後，也不會再有瘋子！」

我笑着，伸指在放照片的牛皮紙袋上，彈了一下，發出了「啪」地一聲，道：「你猜猜，我帶來了什麼，或許你有不得已的苦衷，但是你卻是在說謊，這裏是幾張可以揭穿你謊言的照片！」

博新睜大了眼，望着我，他顯然還不明白「照片」是什麼意思。

我已經打開牛皮紙袋，先抽出了一張照片來，向他遞了過去。

我在將照片遞給他的時候：「這是你自三樓下來後，坐着發怔時攝的。」

博新接過了照片，他的手在微微發抖。

我又將第二張照片，交到了他的手中，又道：「這是你在踱步，你看來心事重重！」

博新接過了第二張照片來，他只看了一眼，便將兩張照片，一起拋在地上，用力地踐踏着，狠狠地道：「原來你是一個卑鄙的偷窺者。」

我攤了攤手：「沒有辦法，我完全是被迫的。」

博新的面色鐵青，他的聲音，也變得很尖利，他叫道：「你想憑這兩張照片，證明什麼？」

「這兩張照片，並不能證明什麼，可是這一張，就大不相同了！」我又將最後一張照片，抽了出來，那張照片，是博新站在那神秘人物後面的那張。

照片上看出來的情形很模糊，然而我也相信，足夠使博新明白。

而且我立即知道，博新已經明白了。

因為博新才一接過照片來，他的面色，在一秒鐘之內，就變得灰敗。

他本來一直是站着的，這時，他向後退出了一步，坐了下來。他的手在劇烈地發着抖：「你……昨晚……做了不少工作！」

我並不感到高興，我緩緩地道：「在醫生和專家證明了我正常之後，我總得找一點證據才行，這個人是什麼人？」

博新閉上了眼睛，我看到他的額上和鼻尖上，都滲出了一顆一顆的汗珠來，他用手抹着臉上的汗，我則耐着性子等着。

足足過了兩三分鐘之久，博新的手，才離開了他的臉，他揮着手，現出很疲倦的神態來：「你走吧，這完全是我的私事，和你一點關係也沒有！」

我不禁一怔，因為我未曾想到博新會有那樣的回答！

可是，事實又的確如此！

就算我弄明白了他屋中有另外一個人，就算我證明了他屋中本來有一道鐵門，後來又拆去了，那又怎樣呢？這全是他的事，我憑什麼干涉他？

我呆了半晌，才道：「作為一個朋友——」

我的話還沒有講完，博新便已揮着手：「走！走！我不要你這樣的朋友，你幫得了我什麼？除了多管閒事之外？你還會做什麼？天下最討厭的，就是你這種多管閒事的人，吃飽了沒事做，撐着！」

他講到後來，連他家鄉——河北的土語也罵了出來，使我感到狼狽之極！

我只好站了起來，漲紅着臉：「好，算是我的不是，我不會再麻煩你了！」

博新還是不肯放過我，他冷冷地道：「但願真是那樣，謝天謝地！」

我本來還想再說什麼的，可是，我卻實在想不出該說什麼才好了，我只好苦笑了一下，走出了客廳，他連送也不送我，就「砰」地一聲，關上了門。

我回到了自己的車中，心頭一片惘然，現在，我已證明我以前的遭遇全是事實，也證明了博新的屋中的確另外有着一個神秘的人物，也證明了那種不可思議的「縮小」，全是事實。

但是那又怎樣呢？我有什麼辦法，來解開那一切謎團呢？

對於一個好奇心極重的人來說，那實在是一件很痛苦的事，而我又恰好是一個好奇心十分重的人。是以當我離去之後，我絕不肯就此甘心。

我想到了一個辦法，在我的朋友之中，有好幾個是和博新熟的，我準備和他們聯絡一下，請他們去代我探聽博新的行動。

而我自己，自然也在暗中監視着博新的行動，看他究竟還有什麼怪事做出來。

這一天，我想到了深夜，才去睡覺，準備第二天一早，就去實行新計劃。

可是第二天早上，當我習慣地打開報紙來的時候，我整個人都呆住了！

報紙上的頭條新聞是：午夜神秘大火，古老巨宅付諸一炬。接下來的新聞，是說一所古老的大宅，在午夜時分，突然起火，火勢猛烈無比，等到消防員趕到時，根本已無法灌救。

幸而在那幢巨宅的附近，沒有什麼別的建築物，是以火勢才沒有蔓延，這幢巨宅卻已燒成了一片瓦礫。至於如何起火，火勢何以如此猛烈，當局正在調查研究云云。

如果只是一幢屋子起火，我也不會直跳起來的，可是報上所載的那幢巨宅的地址，卻證明那巨宅正是酒博新的那間祖屋，那發生過極其神秘的事情的地方！

報上也刊登了這一點：「該宅是一位建築師酒博新的住宅，火起之後，酒氏是否已逃出，尚待調查，消防人員正在挖掘現場，希望有所發現。」

我放下了報紙，足足發了五分鐘呆。

博新的屋子突然起火，對別人來說，雖然不免會感到事情神秘，但是也會想到，一所古老的屋子，在不小心着火之後，是很容易形成猛烈的火災的。然而在我而言，我卻可以肯定，那不是一場尋常的火。

這一場大火，和我所親身經歷的一連串神秘的事件，一定有着直接關係。

那場火，更大的可能，是博新放的。博新放火的目的是要毀滅一切證據。但是，博新本身和那個神秘人物呢？難道他們也一起毀在火中了？如果真是那樣的話，那顯然是我的「多管閒事」害死了他們。

我在那幾分鐘之中，心頭怔忡不安到了極點。匆匆穿好衣服，走了出來，駕着車，直到火災現場去。我看到有警員守着，不讓人接近，幸而我識得幾個記者，雜在他們中間，總算來到了災場。

瓦礫堆在冒煙，那幢屋子已經被徹底燒毀了，花園也已不像樣子，我望着瓦礫堆發怔，一個記者，就在我身邊，訪問一位消防官。

那記者問：「大火的原因找出來了沒有？聽附近的居民說，在昨夜的大火中，有極亮的、白色的火焰四下飛射，那是什麼意思？」

消防官搖着頭：「暫時我們還不知道，昨晚的大火中，的確有這種現象，那可能——只是可能有某種化學品在這屋子中，是以才會發生那種現象的，但現在還不能肯定。」

我插嘴道：「那麼，屋主人呢？」

消防官道：「據警方調查的結果，屋中只有一個人居住，我們挖掘的結果，已在兩小時之前，找到了一具屍體，送到公眾殮房去了！」

我只覺得自己的手心直在滲汗，我的聲音也在發顫。

我道：「認出死者是誰？」

大約是由於我的神情，實在太怪異了，相信古往今來，決不會有一個記者，是帶着我那樣古怪的神情去採訪新聞的，是以那位消防官望了我半晌，才道：「那屍體已完全無法辨認了，不會有人可以認出他是什麼人，但是這屋子中既然只有一個人……」

那消防官還在向下説着，但是我卻根本未曾聽清楚他在説些什麼，我只是覺得耳際「嗡嗡」直響，我想告訴那消防官，這大宅之中，除了酒博新之外，另外還有一個神秘之極的人物。

但是，這件事該從哪裏開始説起呢？我甚至沒有任何證據！

我苦笑着，向後退去，我一退，別的記者便擠了上來，繼續向消防官發問。

我呆立了片刻，又向廢墟走近了幾步，一股難聞的煙焦味，撲鼻而來，我只覺得天旋地轉，幾乎站立不穩，我知道這屋子起火不是偶然的。可是我更知道，如果不是我一直不肯死心，要弄清在那屋子中發生的神秘事情，博新也不會放火的。

現在，我唯一的希望，就是在災場中挖掘出來的屍體不是博新，而是那個神秘人物。

然而，這可能實在太小了，那神秘人物，似乎有一種突然消失的本領，我曾一拳將之擊倒，但是轉眼之間，他便已不知所終。像那樣的一個人，難道會在火起之後，不逃走而被燒死麼？

那麼，被火燒死的，自然是博新！可憐的博新！

連我也認為那屍骸是博新，別人更是毫無疑問，博新一個親人也沒有，所以，當然由我們這班朋友，替他殮葬。我們都接受了勸告，不去看他的屍體，事實上，我們也可以想像得到他被燒成了怎樣，因為在白布的包裹下，他的屍體小得像一個小孩子，那也就是說，他已被燒得完全不成人形了！

在殯儀館中，我們這幾個朋友的心情，當然都很沉重，尤其是我！

我心中有一種感覺，感到博新是被我害死的，如果不是我的好奇心如此強烈，當晚在看到了博新縮成半吋長短的父親和那隻細菌大小的狐狸之後，我將整件事都忘記，只怕就不會有那樣的慘劇發生！

我一直坐在殯儀館中，幾乎整天一句話也沒有說。我們已決定將博新的遺體火化，火化的時間，定在早上九點鐘。

到了七點多鐘，天色已漸漸黑下來了，也根本沒有什麼弔客了，靈堂更顯得冷清。

我們幾個人全坐着，誰也不想說話，就在這時，突然有一個頭髮全都花白了的老人，走了進來，到了靈前，鞠了躬，然後默默地後退着，坐了下來。

我向那老者望去，我看到他至少有七十歲，滿面皺紋，神情很悲慼，從他的衣著看來，他的日子，好像並不十分豐裕。

我望了他半晌，才道：「老先生，博新是你的什麼人？你認識他多久了？」

那老者抬了抬頭：「他出世第一天，我就認識他了，唉，想不到他會那樣慘死，他們家人丁本就單薄，他又不肯結婚，唉！」

我心中陡地一動：「我知道了，你是酒家的老僕人，是不是？」

那老者道：「是的，我前後服侍了他們兩代：少爺雖然不要我，但是他還是對我很好的，在叫我走的時候，給了我一大筆錢。」

我在無意之中，遇到了博新的老僕人，那使我的心中，又有了一線曙光。常言說「本性難移」，真是一點不錯，我剛才還在後悔自己的好奇心，害死了博新，但是這時，我的好奇心卻又來了。

我忙道：「聽博新說，是在他父親過世之後，他才將你遣走的？」

「是，」那老僕人的眼角開始潤濕起來。

「那麼，你見過他的父親？」我問。

「當然見過，我到他家的時候，他的父親才十五歲，我是叫他少爺的，後來他結了婚，我才改口叫他老爺。」

我又問道：「博新的父親是怎麼死的，你可知道？」

或許是我的問題太突兀了，是以那老僕人呆了一呆，半晌答不上來，過了好一會，他才道：「先生，你為什麼會這樣問我呢？」

我略呆了一呆：「那不是一個很普通的問題麼？你何以會覺得奇怪？」

那老僕人低着頭，好一會，才道：「我不知道老爺是怎麼死的，老爺在臨死前幾天，一直在三樓，不許人上去，後來，只有少爺一個人上去過，少爺的樣子，好像很憂慮，奇怪的是，他也不去請醫生，後來，他說老爺死了，那天他遣我去遠處買東西，等我回來，少爺說已將老爺的遺體火化了！」

靈堂中的怪客

我的心中，苦笑了起來，我相信那老僕所説的，百分之一百屬實。因為他説的情形，正和博新對我説的經過，不相上下。

我又問道：「你最後見到博新的父親，是在他死前多久的事？」

那老僕又望了我半晌，才道：「先生，是不是老爺死得有什麼古怪，你才那樣追問我？」

我苦笑道：「他死得是不是古怪，要問你才知道，你是他們家的老僕人，而我們在認識博新的時候，他父親早已經死了！」

那老僕人點頭道：「我心中一直有一件事，未曾對人説過，想起來古怪得很。」

我忙道：「什麼事？」

那老僕人現出極其駭然的神情來：「那屋子中有……鬼，我見到過一次！」

我吸了一口氣，心頭也不禁「怦怦」亂跳了起來，因為我知道，那老僕人口中的「鬼」，可能就是我見過的那個神秘人物！

我忙問道：「你詳細說說！」

老僕人道：「那是老爺的弟弟，也就是少爺的叔叔，他是早已死了的，可是在老爺死前幾天，我上三樓去，卻看到他在老爺的書桌前，當時我還以為他是老爺，叫了一聲，他抬起頭來，我整個人都嚇呆了，他甚至還問我：『還認得我嗎？』」

我也不禁感到了一股寒意，老僕人又道：「他是二十多歲時死的，那年，老爺正好三十歲，這個人，從小就不學好，從來也不肯耽在家裏，天南地北地亂闖，他是死在外面的，聽說是在西康什麼地方，死在當地的野人手中的，已有好幾十年了。」

我搖頭道：「他只是有死訊傳來，或許，他沒有死，又回來了！」

老僕人雙手搖着：「不會，我再看到他時，他仍然只有二十多歲的樣子，如果他沒有死，他應該有五六十歲了，難道他不會老？」

我皺着雙眉：「你看到了之後，他就是只對你說了一句話？」

老僕人苦笑道：「一句話還不夠麼？我嚇得大叫了起來，轉身便逃，在樓梯上碰到了老爺，我連忙將我看到的事講了出來，給老爺狠狠地罵了一頓，可是我知道自己不是眼花，而且，從那天起，老爺就在三樓，不肯下來，過了幾天，就死了！」

我問道：「他們兄弟之間，有仇恨？」

「仇恨是不會有的，但是老爺的兄弟自小就不成才，自然不得父母歡心，倒是老爺，時時幫着他的兄弟，也盡可能讓他花錢，這人花起錢來真厲害，我還記得，有一次他買了一架什麼機器，裝在後院，聽說，那架機器，用一樣重的銀子，也換不回來。」

我很難想像那是什麼機器，但是我對那位先生，卻多少有了點認識，他是一個怪人，或者說，是一個超時代的人，那麼，我在那大屋中遇見的怪人，是不是就是博新的叔叔呢？

如果是他，為什麼他會帶來一連串的怪事？

事情好像已有了些進展，但想深一層，卻仍然全是不可解的謎。尤其不可解的是，老僕人說那位先生早已死了，那有可能是訛傳，但是他現在就算再出現的話，一定也是將近六十歲的老人。但是老僕人卻說他「看到鬼」的時候，那位先生還很年輕。又如果假定，我遇到的那個神秘人物，就是那位先生——博新的叔叔，那麼，他也決不像是一個上了年紀的人。自然，我自始至終，沒有機會看清那神秘人物的面貌，但即使在黑暗中相對，要判別對方是不是一個老年人，也是很容易的事。

我呆了片刻，抬起頭來，這才發現，殯儀館中，已經只有我和那老僕人兩個人了，別的人或者是因為不慣熬夜，而且對我和那老僕人的話不感興趣，所以已經相繼離去。

等我發覺到這一點時，我似乎覺得靈堂之中，更加陰森可怖。

我自然不會相信什麼鬼出現那一套，是以我只是略呆了一呆，便又問道：

「你剛才說，你曾在那大屋子中『見過鬼』，是不是可以說得再詳細些？」

老僕人苦笑道：「我已經說得夠詳細了，我的確是看到了他！」

我又問道：「在這以後，你的感覺是不是有點異樣，我的意思是，你有沒有感到，屋子中像是多了一個人？」

老僕人呆了好一會，才道：「沒有……不過……不過我想起來了，有一天晚上，三樓的書房中，忽然傳來『砰』地一聲響，我睡在少爺睡房旁邊的小房間中，聽到了聲響，我就立時走出來，少爺也醒了，推開了房門，我們一起抬頭向上看去，看到了老爺——」

「他在做什麼？」我緊張地問。

「老爺也像是剛推開了臥室的門，在向外張望，我當時就想，我們三人全在，那麼，在書房中弄出聲響來的是什麼人呢？我想走上樓去看，可是老爺厲聲斥喝着，叫我回去睡覺！」

我仔細聽着那老僕人的敘述，我覺得其間大有問題。

我可以肯定：在那屋子中，早就多了一個人！

先撇開那個人是什麼人不說，我甚至可以想像那個人出現的日子，那人自然是在博新的父親尚未故世之前出現的。最早的時候，只有博新的父親一個人知道他的存在；等到博新的父親死了之後，博新一定也在某種情形下，知道了這個人的存在。

自然正因為是這個原因，所以博新才遣走了老僕人，老僕自始至終，未曾知道屋子中多了一個神秘人物。

可是事實上，老僕人見過那個神秘人物一次，只不過他卻認為那是見了鬼。而且，他那一次偶然見到那個神秘人物，他的印象極其深刻，因為他一眼就認出那人是博新的叔叔。

我假定一切神秘事件，全是由那個神秘人物而起，那麼，問題是：這個神秘人物究竟是什麼人？他若是博新的叔叔，為什麼過了那麼多年，他還是幾十年以前的樣子？

我還想向那老僕人問更多關於博新和博新的父親、叔叔的問題，可是就在這時，一陣沉緩的腳步聲傳了過來。

那是一種令人悚然的腳步聲，很清晰，很慢，也很沉重。分明是一個人在向前走來，但是那個人卻又像是老走不到門口。

靈堂的門關着，殯儀館的職員也早在打盹，誰會在這樣的深夜，再到靈堂來呢？

我和那老僕人互望了一眼，我立時感到了一股寒意，看那老僕人的神情，他顯然比我更糟糕，他的身子在微微發抖。

那腳步聲停在靈堂的門口，我勉強地微笑了一下，正想大聲喝問是什麼人，可是我一低頭時，卻看到門腳下的縫中，有什麼東西，蜿蜒流了進來，那使我嚇了一大跳。

雖然我立即看到，自門腳縫中流進來的是水，但是我仍然驚訝得出不了聲。而接下來發生的事，卻使我忍不住啞然失笑。

剛才的那一切，很夠恐怖，很夠神秘，是不是？但等到靈堂的門被推開來之後，一切就變得再普通也沒有了，一切的神秘、恐怖，全是我自己心理作祟！

靈堂的門推開，門外站着一個穿着雨衣、戴着雨帽的人，那人的雨帽壓得很低，雨衣的領子也翻起來，順着他的雨帽帽簷和他的雨衣腳，在向下直淌着水，我也直到這時，才注意到，外面在下着大雨。

那人當然是冒着大雨前來的。他冒雨前來，鞋底自然濕了，鞋底濕，腳步聲聽來不免有點古怪，而且，當他站在門口的時候，自他身上淌下來的水，當然也會從門縫中流進來。

想起剛才心中感到的恐怖，我只覺得好玩。那人冒這樣的大雨，到靈堂來，他自然是博新的好朋友了，所以我忙站了起來。

那人的神態有點奇怪，他一看到我站了起來，便立即後退了一步，伸手遮住了臉，在一剎那間，我看到他戴着一副黑眼鏡。

在午夜，又下雨，那人卻戴着一副黑眼鏡，這自然是古怪的事，我在怔了一怔之後，問道：「閣下是博新的朋友？」

那人並不回答我，只是含糊地發出了一下聲音，轉過頭去，我看到他從口袋中，摸出了一塊手帕來，用那塊手帕，蒙在臉上。

我看得瞪大了眼睛，心中還只是感到驚訝，可是那老僕人卻着實有點沉不住氣了，他的聲音發着顫，拉着我的衣角：「先生，這個人……」

我向他擺了擺手，示意他不要出聲，老僕人的臉色，變得難看之極。

我看到那人，又轉回了身來。

這時候，他的臉上，蒙着一塊手帕，又戴着一副黑眼鏡，雨帽又拉得那麼低，使我完全無法看到他是什麼樣的一個人。

我站着不動，那人像是猶豫了一下，才向前走來，來到了靈前，他鞠了三個躬，然後退開幾步，在一張櫈子上，坐了下來。

我的視線，一直盯在他的身上，或許是我那樣望着他，令他感到很不安，但是我卻非望着他不可，因為這人的舉止實在太怪異了，世界上可有以這樣打扮到靈堂來弔祭死人的？

他只坐了一兩分鐘，便又站了起來，在那一兩分鐘之間，可以說是靜到了極點，當他站了起來之後，我再問道：「先生，你是博新的朋友？」

我問的是老問題，而那人回答我的，也是老方法，他的喉際發出了一下模糊的聲響。

雖然，從沒有什麼條例，規定到靈堂來的人不能蒙面，可是那人的樣子，卻使我感到說不出來的不舒服，我提高了聲音：「你是什麼人？」

我大聲一喝問，那人急急向外走去，我直跳了起來，向他走過去，伸手便抓。

我的動作很快，一抓便已抓住了他的雨衣，可是，那人的動作，卻比我更快，他顯然已知道我要攔阻他，不讓他離去，是以他也有了準備。

我才一抓住了他的雨衣，他雙臂一振，身子猛地向前，衝了一衝。

他脱下了那件雨衣，向前直衝了出去，而我，雖然抓住了那件雨衣，卻也不過是抓住了件雨衣而已，我呆了一呆，那人已衝出了好幾步，我連忙趕了上去，那人已轉了一個彎。

等到我再追出去時，我看到他衝出了殯儀館的大門，沒入了黑暗之中。我也追出了大門，外面的雨十分大，一出了門，雨點劈頭劈臉，灑了下來，我幾乎什麼也看不到，那人也早已奔得看不見了。

雖然我在大雨之中，呆立了只不過半分鐘，但是身子卻已濕了一大半，我連忙退回了殯儀館，我看到那老僕人，扶着牆，站在我的身後。

那老僕人的身子，在不住地發着抖，他的神情，表示他心中的驚駭已然到了極點。

他望着我，問道：「他……走了麼？」

我抖了抖手中的雨衣：「他逃走了！」

那老僕人道：「他……他是誰？」

我苦笑了一下：「和你一樣，我也完全未曾看清他的容貌——」

當我講到這裏的時候，我發現老僕人的神情極其古怪，是以我停了下來：

「你以為他是什麼人，你想到了什麼，是不是？」

老僕人的身子，抖得更劇烈：「不會的，那怎麼會？不會的！」

我大踏步來到了老僕人的身前：「你快說，你以為他是什麼人？」

老僕人的嘴唇不住發着抖，過了好久，他才道：「據我看來，他……他好像就是……少爺！」

我呆了一呆，老僕人口中的「少爺」，就是博新！

而博新已經死了，我現在在殯儀館中，就是因為博新已經死了，雖然在這種時候，前來靈堂弔祭的那人，神態形迹，都可疑到了極點，但是他不會是博新，他可能是任何人，也不會是博新！

不用說，那當然是老僕人的一種錯覺，是以我也沒有再問下去，我道：「別胡思亂想，天快亮了，我們到靈堂中去守着吧！」

老僕人要在我的扶持下，才能勉強挪動腳步，當我們回到了靈堂中，坐了下來之後，我們誰也不說話，那一小時的時間，更是長得可怕。

終於，天漸漸亮了，雨也止了，又有一些博新生前的朋友，陸續來到，昨晚午夜時分離去的那些人，也都來了，到了上午九時，博新的遺體，依時火化，我們所有目睹博新被送進焚化爐去的人，心情自然都十分沉重，而我則更甚。

我是最後一個離去的人，當我離去的時候，我帶走了那個神秘來客的那件雨衣，回到了家中，我將那件雨衣順手一拋，人向沙發上一倒。

那件雨衣被拋到了桌子上，發出了「啪」的一下硬物撞擊聲，那令得我陡地一呆。

我本來實在已經非常疲倦了，但這時候，我卻立時一躍而起，又將那件雨衣，提了起來，伸手在雨衣的口袋中摸索着。

我從雨衣的口袋中，摸出了一串鑰匙。

那串鑰匙，只有三柄。在一件不知屬於什麼人的雨衣之中，發現了三柄鑰匙，那本來是絕不值得奇怪的事情，但是當我將這三柄鑰匙捏在手中的時候，我不禁呆了半晌，手也在發抖。

那三柄鑰匙，對我來說，一點意義也沒有，但是那鑰匙扣，我卻認得出來，我絕不是第一次看到它，鑰匙扣上，連着一隻半吋來長，銀質的鈎，那鑰匙扣，正是博新的東西。

在那一剎那間，我立時想起了那老僕人的話來。

當那個神秘人進來的時候，我和那老僕人都看不清他的臉，可是那老僕人，在事後，卻以為那個神秘人物是博新。

當時，我根本連考慮一下他那樣說法的可能性也沒有，就斷定他是生了錯覺，然而現在，我卻在雨衣袋中，發現了屬於博新的鑰匙扣！

那是博新的東西，這完全可以肯定，可是，那究竟是怎麼一回事呢？

如果博新沒有死，那麼，在火災之後，挖掘出來的屍體，又是屬於什麼人的？如果博新死了，何以他的鑰匙扣會在別人的身上？

我知道，那鑰匙扣是博新心愛的東西，那是他在一次比賽中得到的獎品，他決不會將這東西送給別人，那麼，那個人應該是博新了。

我又想起那人走進靈堂來，看到了靈堂中有人之後，那種突兀的動作，他是在看到了有人之後，才用手帕蒙上面的。

如果他不是以為我一看到他，就可以認得出他是什麼人來，又何必多此一舉？那樣看來，這人真的是博新，博新沒有死！

當我想到了這一點的時候，我心頭怦怦跳了起來，博新沒有死，這實在是太不可思議了。

我不知自己拿着那三柄鑰匙，呆了多久，而如果不是那一陣門鈴聲的話，我一定還會再發呆下去，門鈴聲令得我震了一震，我轉過身，打開了門，門外站着一個垂頭喪氣的人。

但是不論那人是如何垂頭喪氣、神情憔悴，我還是可以認得出，他不是別人，正是酒博新。

一時之間，我也呆住了，不知該怎樣才好，一個你以為他已經死去，而且，才參加了他的火葬禮回來的人，忽然又出現在你的面前！

第八部

往事怪異殺機陡起

這種感覺，實在難以形容。

是以，我好半晌出不了聲，還是博新先開口：「我可以進來麼？」

我攤了攤手：「當然可以，我們……不是老朋友麼，為什麼不可以？」

博新的臉上，現出了十分苦澀的笑容來：「我的出現，令你驚訝了，是不是？」

他一面説，一面走了進來，坐在沙發上，用手托着頭，他看來憔悴而又疲乏，我望了他好一會，才道：「如果不是我在那件雨衣的口袋中，看到了那鑰匙扣，我一定一見你面，就會尖叫起來！」

博新仍然苦笑着：「以為我是鬼？」

「自然是，你已經死了，報紙上登着，所有的朋友都那樣以為，很多人來弔祭過你，而你的遺體，已在眾目睽睽下火化！」

博新低下了頭，好一會不出聲，才又道：「本來，我真想就那樣死了就算了，可是我知道，當你看到鑰匙扣的時候，你一定會知道我實際上沒有死！」

我據實道：「我只不過是懷疑，你肯再度出現，那是好事！」

博新的雙手掩住了臉，我看得出，他的手指在微微發抖。我等了好久，他仍然不出聲，但是不論他是不是願意，現在該是輪到我向他發問的時候了。

我在想，我應該如何開始問他才好呢？我想了好一會，才揀了一句話：「博新，究竟怎麼一回事？」

博新的身子震了一震，我猜想他一定早已料到，他除非不來見我，只要他來見我，他就一定要準備回答我的問題。

他在震動了一下之後，用一種聽來無可奈何的聲音：「我殺死了他。」

他那樣的回答，在我聽來，自然是覺得十分突兀的，我不知道他為什麼會忽然那樣說，那也使得我無法問出我的第二個問題。

我只是望着他，還未曾開口，他的神情忽然激動了起來，揮着手，面肉抽搐着，大聲道：「我實在無法忍受了，我必須殺死他！」

我伸手扶住了他的肩頭，當我發覺那樣並不能令他鎮定下來時，我又立時轉過身，倒了一杯酒，交在他的手中。他一口就喝乾了酒。

他的聲音在發着抖：「我從來也沒有殺過人，我從來也未曾想過要殺人，可是，我卻下了手，我殺死了他，我是將他扼死的。」

當他講到「扼死的」時，他張開了雙手，手指節骨因為極度的緊張，而發出「格格」聲，我盯着他的雙手，心中也不禁感到一股寒意！

活活地扼死一個人，這是叫人心頭生寒的事，而當那曾扼死人的雙手，那樣揚着，在眼前發抖時，心頭的寒意，自然更甚！

我不由自主，後退了一步，才道：「說了半天，你究竟殺了什麼人？」

博新仍然望着他自己的雙手，像是夢囈似地：「就是你見過的那個人。」

我吸了一口氣，脫口道：「你的叔叔？」

我想不到我的話，竟會令博新感到了那樣地震動，他幾乎是從沙發上跳了起來的，他尖聲道：「你已知道了？你知道了多少？」

我也不自覺地提高了聲音：「我並沒有知道多少，而你也不必緊張，你又出現了，並且來和我見面，難道你在見我之前，未曾想到在見了我之後，必須一切都對我實說麼？」

博新垂下頭來：「是的，我準備對你實說。」

「那就是了，你不必奇怪我何以會知道，你該記得，在殯儀館中，我和你的老僕人在一起，在他的口中，我知道了不少事，他曾看到過你叔叔一次，他以為是遇到了鬼！」博新「喃喃」地道：「他可能真的遇到了鬼，直到現在，我也不能肯定，我殺死的是人還是鬼？」

我按着他坐了下來，又給了他另一杯酒：「你應該將事情從頭至尾，向我講一遍。」

博新並沒有反應，他只是大口大口地喝着酒，等到他喝完了那杯酒，他索性自己拿起了酒瓶來，又添了滿滿的一杯。

然後，他才道：「事情要從頭講起的話，該在那天下午說起，他是在那天下午突然出現的。我去應門，站在鐵門外的，是一個三十歲不到的年輕人，在他的臉上，有一種說不出來的詭異的神情，好像是狡猾，又好像是神秘，叫人不知道如何說才好。」

博新吸了一口氣，我也不去催他，只等他自己繼續往下說。

他停了片刻，才又道：「我不認識他，可是他卻認識我，他一看到我，就笑着，道：『嗨，你真長大了，完全像是一個大人了！』這實在是廢話，我早就是大人了，而且，我也決不欣賞他那種講話的神態，我板起了臉，問他找誰，他卻仍是笑嘻嘻地道：『原來你不認識我，那也難怪，你父親呢，我想見他！』我當時什麼也沒有說，轉過身就走回了屋子。

「當我走回屋子的時候，我還聽得他站在鐵門外，正在輕鬆地吹着口哨，我走回屋子，父親在客廳裏看報，我對他說，外面有一個人找他，然後就上了樓。當我來到了書房之後，我的心中有一點好奇，想知道那個人究竟是什麼人。

「我將窗簾拉開了些，探頭向花園中望着，我看到了那人和父親，已走進了花園，父親的神情很激動，也很驚恐，似乎正在說着什麼，但是那人卻笑嘻嘻地、一副滿不在乎、什麼也不放在心上的神氣。

「我等他們走進屋子，上了樓梯，才又到門口，將門打開了一道縫，我看到他們在我門前經過，上三樓去，我也聽得我父親的聲音，有點上氣不接下氣，他似乎只在重複着一句話，道：『你怎麼會回來的，你怎麼可能又回來的！』我也不知道那是什麼意思！」

博新講到這裏，又大口大口喝起酒來，而我這個聽眾，心神也是極其緊張。

博新的確是「從頭說起」的，而且，他還說得十分詳細。也正因為如此，所以我才格外覺得緊張。

博新嘆了一聲：「那是我第一次見到他——自然不是真正的第一次見他，因為，他是我的叔叔，我在小時候早見過他。當天，直到晚上，父親才從三樓下來，在我臥室中找到了我，他見了我之後的第一句話就是『你的叔叔回來了。』我當時，心中的驚訝，實在是難以形容。」

「你說什麼了？」我插嘴問。

博新吸了一口氣，道：「我當時呆了半晌：『那怎麼可能？爸，他看來比我還年輕！』父親卻面色一沉：『那你別管，總之你記得，他是你叔叔，從現在起，就住在三樓，他不會在屋子中走動，你也絕不可對任何人說起他在，連阿發也不許說，你明白了？』我從來也未曾見到過父親以那樣嚴重的神情對我說過話，是以我立時就答應了。」

我忍不住又插言道：「難道你一點不懷疑？」

「當然曾懷疑過，」博新回答，「但是我對我自己家中以前的事，所知本就不多，我祖父是做官的，做官的人，三妻四妾，算不了什麼，我心中在想，那個『叔叔』，大約是父親的同父異母兄弟，是以他甚至比我還年輕，這種情形，也不是什麼出奇的事，所以我也沒有再想下去！」

我點了點頭，事情在一開始，還沒有進一步的發展之前，博新作那樣的猜度，自然很合理。

博新呆了片刻，又道：「在那天之後，雖然我的心中時時存着懷疑，但是我卻再也未曾見過他，那時，我的懷疑已轉變為奇怪，何以這個人竟可以不下樓梯一步，而更令我奇怪的是，父親竟也足不下樓，而且，還命人在三樓的樓梯口，裝了一道鐵門。」

當博新講到這裏的時候，我瞪了他一眼，博新苦笑了一下，頗有慚愧之色。

我自然知道他在慚愧什麼，他是在慚愧，當我上次向他查問那鐵門何以不見了的時候，他賴得一乾二淨，而且聲勢洶洶地將我趕了出去！

但是，我卻也只是向他望了一眼，並沒有多說什麼，博新又嘆了一聲：

「至於我後來為什麼要否認那裏有鐵門，我慢慢講下去，你自會明白的。」

我點頭道：「你自然是循序說下去的好，不會將事情弄亂。」

博新道：「自那以後，有十來天，並沒有什麼特別的事故發生，我那時年輕，好動，也幾乎將這件事情，不再放在心上了，直至有一天，父親忽然從內線電話中叫我上去，我來到了鐵門口，開門給我上去的就是他——我的那位叔叔。

「當時，他臉上的神情很嚴肅，那種嬉皮笑臉的神情也不見了，我一看到他那種嚴肅的神情，便知道有什麼嚴重的事情已經發生了！

「我當時立刻就問他發生了什麼事，他握住了我的手，叫着我的名字，道：『我闖禍了。』我很討厭他那種完全將我當作自己人的神態，因為事實上我完全將他當作陌生人，我摔脱了他的手，道：『爸在哪裏？』我一面説，一面已向書房走去。

「他立時追了上來，擋在我的面前，伸手攔住了我，他背靠着書房的門：『你先別進去！』我那時真有點發怒了，我大聲道：『這是什麼意思，這是我的家！』他的回答是：『自然是你的家，但是發生了一點意外，我先要請你鎮定些，當你看到你的父親的時候，不要吃驚。』事實上，他那樣説，已叫我夠吃驚的了！

「試想，一個我從來未曾見過的『叔叔』，忽然闖進了我的家來，神秘地住了十幾天，忽然又告訴我，父親出了意外，那怎能不令人吃驚？

「我當時也沒有心思再聽他説下去，只有用力將他推開，然後衝進了書房，他連忙跟了進來。

「我一衝進書房，奇怪得很，我沒有看到父親，我立時轉過身來，想向他喝問，父親在什麼地方，可是就在我一轉身之際，我看到了我的父親——」

博新敘述到了這裏，突然停了下來。

他拿起酒杯來，又大口喝着酒，我則緊張地握着拳，等他再說下去。

博新喘了好幾下，才道：「我看到了我的父親，這實在是我畢生難忘的事！」

他講到這裏，連講話的聲音也變了，好像是在硬逼了出來的一樣，他連連咳嗽了好一會，潤澤着喉嚨，才能繼續向下講去。

他道：「我看到父親從窗簾後面走出來，當他才一走出來的時候，我根本不知道他是什麼，因為他只有一呎半高，我從來也未曾見過那麼小的小人，當我僵住了發呆的時候，小人來到了我的身前，我才看出，他雖然小，然而卻是我的父親！

「我張大了口，一句話也說不出來，父親的神色也很悲哀，他望了我一會，才道：『博新，發生了一些意外，必須叫你上來，了解事實的真相！』我呆住了，真不知該怎麼才好。

「我父親繼續苦笑着，道：『博新，這位是你的叔叔，你已見過他一次了，我要再為你介紹一次，他是我的弟弟，他是一個極其出色、非同小可的科學家！』我那時，幾乎沒聽清父親是在說些什麼！

「我只知道，父親忽然變成了只有一呎半高的一個小人，事情一定和我的叔叔有關，是以我陡地轉過身去，以手抓住了他的衣襟，搖動着他的身子，一面還在大聲呼喝着他。

「當時，我究竟說了一些什麼，事後，我完全無法記起，因為我的心情實在太驚恐、太激動了。

「我終於放開了他，那是因為我父親的大聲叱喝，當我放開他時，父親已然站在桌上，我大聲哭了起來，我將手伸到父親面前，可是我卻不敢碰他，因為他那麼小，我的手在他面前顯得那麼大！」

當博新敘述到他哭了起來的時候，他真的哭了起來，他的眼淚，據我看來，一大半還是因為驚恐過度而流出來的。事情已經隔了那麼多年，他一提起來，仍然不免要嚇得流淚，由此可知，在當時，他的驚怖，是如何之甚、如何深切。

他又接連喘了好幾口氣，才繼續道：「倒是父親鎮定，他很嚴肅地道：『別哭，事情既然已發生了，哭也沒有用的，而且，你要記得，事情也不能怪他，我是完全自己願意的。』我當時的慌亂，實在到了極點，我只說了一句話，問他究竟發生了什麼事。」

博新續道：「父親指着叔叔，道：『我剛才說過了，他是一個出色的科學家，他已經克服了第四度空間，你也應該明白什麼是四度空間，也就是說，他可以使人在時間中自由地來去！』我這時，才又轉頭向他看去。

「他的衣服被我弄得十分皺，頭髮也散亂不堪，當我向他看去的時候，他居然還向我笑了一笑，我聲嘶力竭地叫道：『那麼，究竟發生了什麼事？』父親嘆了一聲，向他望了一眼。

「他——我的叔叔道：『還是讓我來說吧，博新，我已經成功地使你的父親，回到了過去的時間中。』我揮着手，大聲道：『那麼，他為什麼會變成那樣？』」

博新又停了下來，我聽得出神之極，雙手緊握着拳，手心在隱隱冒汗，博新一停下來，我就連聲道：「他怎麼回答，你快說！」

博新道：「他說：『那就是意外了，我研究了幾十年，如何使人可以踏入四度空間，但是我卻發現，人只能回到過去，而不能進入未來，當我第一次成功地使我自己回到昨天時，我發覺自己小了一半，回到了前天，我小了四分之三，我曾回到過十天前，那時我的身子，還不到半呎，我也不明白那是為了什麼原因，但是我卻知道，宇宙間的一切，在按比例地，定時地增大！』」

博新望定了我，又道：「當時我根本不明白他在說些什麼，我只是叱道：

『你在胡言亂語！』父親卻道：『別吵，聽他說下去。』我並不是一個聽話的兒子，但是當自己的父親變成這等模樣時，他的每一句話，自然非聽不可。

「我當時沒有再出聲，我叔叔又道：『但當我又從過去回來時，我的身體，也回復原來的大小，可是你的父親，他卻一直停留在兩天前的大小了。』

「我問道：『他一直只有那麼大？』

「我叔叔卻嘆了一聲，道：『他如果一直停留在那樣的大小上，那倒好了。』我只覺心在直向下沉，我道：『照你說，他會怎樣？』

「我叔叔，那個不知是什麼東西的妖怪，他告訴我道：『他還會每天縮小一半，糟就糟在這裏！』我又抓住了他的衣襟。

「那時，父親道：『你別急，這是最壞的情形，或許在我未曾縮小到消失之前，他會想出辦法來令我復原，我們決定將事實的真相告訴你，是因為你是一個大人，要鎮定地接受事實！』

「他自己反倒比我鎮定，但是我卻實在沒有法子鎮定得下來，我現在也很難記得我又做了些什麼，我只記得自己大吵大鬧了一場，不知罵了多少難聽的話，而當我實在太疲倦的時候，我睡着了。」

博新講到這裏，停了下來，他傴僂着身子，雙臂擱在膝上，雙手卻掩住了臉，好一會不出聲。

我也不忍心去催他，因為他的經歷既然那麼可怕，總得讓他定定神，再繼續向下講去。

過了好一會，才聽得他又道：「當我睡醒的時候，我仍然在三樓，我父親的書房中，一切好像並沒有什麼不同，但是當我看到了我的父親時，我卻又倒抽了一口涼氣，他又小了一半！

「從那天起，我不斷逼着我的叔叔，要他設法，使我父親恢復原來的大小，他也不斷地操作着他帶來的那一具小小的、不知有什麼用的儀器，可是，事情卻一點也沒有改變，我父親每天縮小一半。

「當我父親縮到只有一吋長短的時候，這傢伙才說，他實在是無能為力了，他還企圖推卸責任，說那不是他的錯，是我父親自己願意的，因為我父親明知道他的那隻狐狸的事情。

「我那時，還是第一次聽他提到那隻狐狸，那時我已經傷心欲絕了，啞着聲音，問他，那隻狐狸又是怎麼一回事。他說：『我曾使一隻狐狸回到過去，但是當我使牠又回來之後，牠就每天都在縮小，情形就像你父親現在一樣！』我問他，那隻狐狸現在在哪裏，他取出了一個標本片來，叫我在顯微鏡中去看那隻狐狸。

「當我在顯微鏡中，看到那隻只有細菌般大小的狐狸時，我實在沒有辦法再支持下去，我昏了過去。

「我醒過來時，我叔叔已向我宣布，父親自殺了，他決定好好保持父親的屍體。」

博新講到此處，長嘆了一聲。

我忙問道：「你當時一定又傷心，又憤怒了？」

博新苦笑着，道：「並不，連我自己也出乎意料之外，我當時居然很鎮定，也沒有發怒。我事後回想起來，才知道我為什麼鎮定，因為死亡並不算什麼可怕的事，每一個人都有死亡，然而，每天縮小一半，直至永遠，那才是真正的可怕！」

聽得博新那樣說，我也不禁打了一個寒顫，的確，那實在太可怕了。

博新道：「我叔叔一直住下來不走，我支走了僕人，你們一直只當那屋子只有我一個人住着，其實，是兩個人，我和他。」

我問道：「那麼多年，一直如此？」

博新點頭道：「一直如此，我在開始的一兩年，心中總是十分恨他，厭惡他，甚至連看都不去看他一下，由得他一個人，蟄居在三樓，可是漸漸地，我卻發覺他……發覺他……」

博新在猶豫不決，像是不知道該對他的叔叔下什麼樣的判斷才好。

他又喝了幾口酒，才道：「我發覺他……實在是一個極其出色的科學家！」

我道：「照你所說的情形來看，他顯然已突破了時間的限制，可以使人回到過去。」

博新苦笑着：「是的，這一點，我也不得不承認，那天晚上，你們在討論着科學幻想小說的題材，講到了宇宙間的一切，不斷在擴張的事，我的心情如何，你可想而知。」

我點頭，表示明白他那時的心情。

博新又道：「我知道我叔叔在前一天離去，所以我一時衝動，就帶你上三樓去看那可怕的變化，但事後，我卻十分後悔，因為那實在是極其駭人聽聞的事，絕不能公開。」

我自然也可以想像得出，像那樣的事，如果公開的話，會引起什麼樣的混亂。

人類的知識是漸進的，一點一點在進步，雖然進步的幅度愈來愈快，但仍然不是躍進的，而博新的叔叔，卻超越了人類的知識不知多少年，他會被人目為瘋子，甚至被人目為妖巫！博新又道：「恰好，那天晚上，你走了之後不久，我叔叔就回來了，我將你的事和他說了一遍，他和我合力，將書房和雜物室對調，我們自然沒有進行得那麼快，你第一次偷進來的時候，我叔叔是知道的，他幾乎想將事實告訴你，你看到他曾伏在桌上寫字，是不是？但是他卻不知該如何下筆才好，是以終於又沒有寫，而你所得到的，自然不是那細菌大小的狐狸。」

我點了點頭，我自然記得那天晚上的情形。

博新繼續道：「當你又一次前來時，對調工作已經完成，所以你查不出什麼來了！」

他講到這裏，靜了很久，我也好一會不說話。

我們一直維持着沉寂，足足有十分鐘之久，我才忍不住問道：「博新，你還沒有說出最主要的一點，為什麼你殺死了他？」

博新的身子，陡地一震，他忽然笑了起來，笑得十分怪異。

他笑了好一會，才道：「為什麼？你知道為了什麼？那天晚上，他忽然對我說：『博新，我已經找到關鍵的所在了，你可要試試回到昨天去？』一聽到這句話，我實在沒有法子控制自己，我雙手突然伸出，緊緊地扼住他的頸，直到將他扼死，然後，我放了一把火，燒了屋子，逃走了！」

我呆了半晌，在聽得博新那樣說之後，我呆住了，實在不知該怎麼說才好！

我心中在責備博新，他竟沒有勇氣去試一試回到昨天去，那是多麼有趣的事，但是我立即又自己問自己：我有這勇氣麼？那要冒每天縮小一半的危險！

博新站了起來，嘆了一聲：「我要走了！」

我望着他，他殺了一個人，這是他自己也承認的事，他殺的是一個「超人」。我想不出有什麼名詞比「超人」這個字眼更好的稱呼，因為他的叔叔，本來就是一個超時代的人。

一個超時代的人，生存在這個時代中，對他本身而言，當然不是福，但是對於這個時代而言，又何嘗是福？博新殺了他，可能是一件好事！

我心中亂到了極點，我並沒有挽留他，直到他走出門口，我才突然叫了他一聲。

博新停了下來，我道：「你準備到哪裏去？」

博新苦笑着：「我也不知道該躲到什麼地方去，但是世界大得很，總有可以供我躲藏的地方，我總還不至於要躲到昨天去！」

我沒有再說什麼，博新拉開門，這時，我才看到，外面又已淅淅瀝瀝地下起雨來，我想叫博新拿回他的雨衣，但是我卻只想了一想，並沒有說出來，而博新已經冒着雨走遠了。

雨從門中撇進來，我又趕到了門口，站了一會，才關上了門，回到了屋中。

從那天起，我再也沒有見過博新。

若干時日之後，我和一位天文學家，談起宇宙擴展的問題，這位天文學家說：「有一派天文學家的意見是，宇宙中所有的星體，正以極高的速度，在離開太陽系，這一派的理論，可以說是宇宙擴展論。」

我問道：「那麼，難道太陽系不移動麼？」

「自然移動。」天文學家回答。

「那麼，太陽豈不是離我們愈來愈遠了？」我再問。

「這個問題，有一個假設，是一個星系，在作整體的運動，而不是這個星系中個別星球的運動。」

「如果這個假設不成立呢？」

「那麼，宇宙擴展論也不成立了。」

我想了一想：「是不是有這個可能，事實上，太陽也正以極高的速度在離開地球，但是由於地球和太陽的本身在擴大，擴大的比例恰好和太陽離開的速度造成的距離相同，那麼，我們就不覺得太陽在離開我們？而太陽系和銀河系的關係，銀河系和別的星系的關係，也可以作相同的假設。」

那位天文學家笑了起來：「你的想像力太豐富了，就算真有那樣的事，也永遠無法證明，除非人能回到過去，看看過去的地球——那也不行，試想，如果是那樣，人回到了一萬年前，人就無法生存了，地球比一隻乒乓球還小！」

「人可以相應縮小的啊。」我說。

天文學家笑得更大聲：「要是他在回來時，無法變大，那豈不是糟糕了？」

我卻笑不出來，他感到好笑，人人都會感到好笑，但是，我卻笑不出來。

我笑不出來的原因很簡單。

因為，我看到過一隻細菌大小的狐狸和一個只有吋許長的人。

那使我笑不出來。

（全文完）

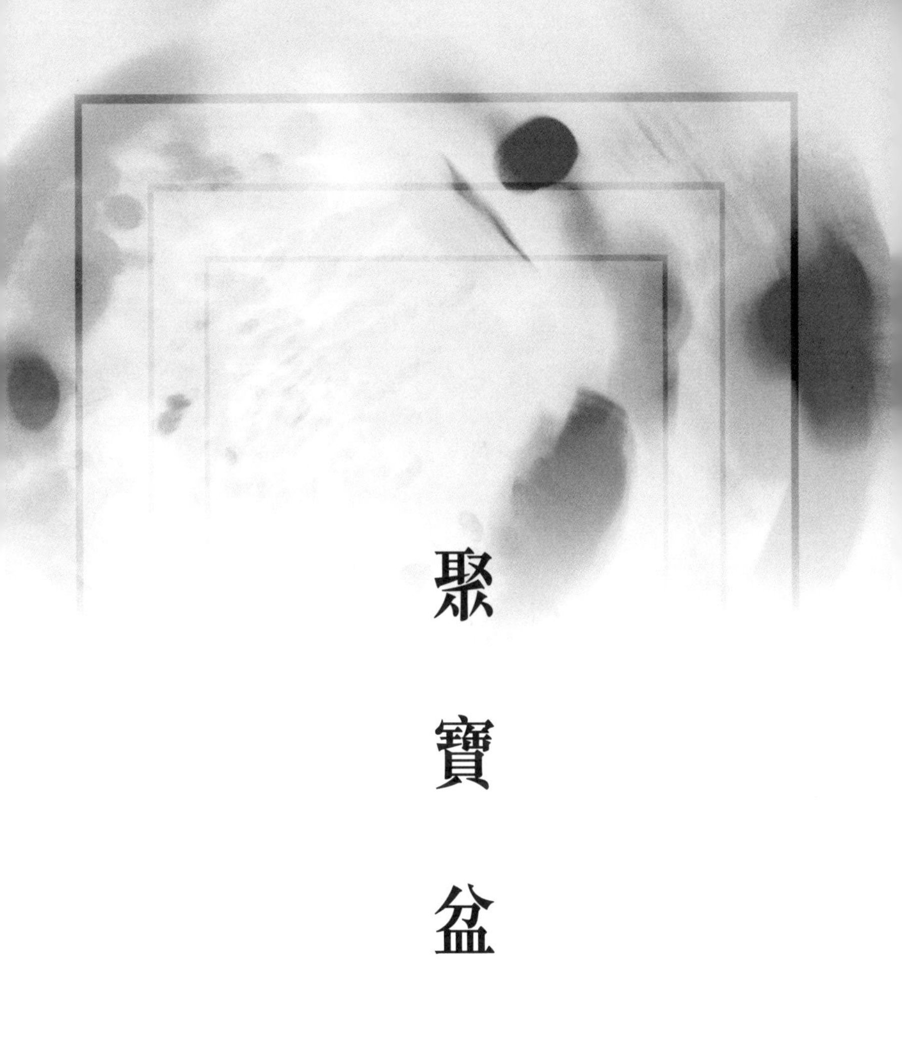

聚寶盆

第一部

隱居郊外秘密研究

中國歷史上，富可敵國的富翁很多，從子貢算起，陶朱、石崇、鄧通，一直到沈萬三、胡雪巖，都是錢多得數不清的大富翁，其中最奇特的，要算是明朝的沈萬三了。

別的人有錢，或是由於善於經商，或是由於皇帝特別厚賜，可是沈萬三的發財，卻是靠一隻「聚寶盆」。

據《挑燈集異》所載：「明初沈萬三微時，見漁翁持青蛙百餘，將事刲剖，以鏹買之，縱於池中。嗣後喧鳴達旦，貼耳不能寐，晨往驅之，見蛙俱環踞一瓦盆，異之，將歸以為浣手器。萬三妻偶遺一銀釵於盆中，銀釵盈滿，不可數計，以錢銀試之亦如是，由是財雄天下。」

還有一本鬱岡齋筆記，則說：「俗傳萬三家有聚寶盆，以物投之，隨手而滿，用以致富敵國。」

從那兩則記載來看，有了「聚寶盆」這件東西，真是想不發財都不可能的了。

第一則記載，多少有點「善有善報」的意味在內，青蛙報恩，將聚寶盆呈現在沈萬三的眼前，沈萬三發現聚寶盆的妙用，全然是因為他的妻子偶然的發現，而且聚寶盆似乎也只對金、銀起作用，不然，沈萬三以聚寶盆作「浣手器」，他的手一放下去，聚寶盆中就會變出許多手來，沈萬三就變成怪物了！

不論聚寶盆的傳説真實性究竟如何，沈萬三富可敵國，倒是毋庸置疑的。明太祖朱元璋定都南京，和他同築南京城，沈萬三的那一半，先三日完工，可知他的財力還在皇帝之上，一定是他用了加倍的「物質刺激」才能達到此一目的。《雲蕉館記談》一書稱：「我太祖既克金陵，欲為建都立地，廣其外城，時兵火凋殘之際，府庫匾乏，難以成事。萬三恃其富，欲與太祖對半而築，同時興工，先完三日。」

沈萬三有了聚寶盆，要金要銀，悉聽尊便，自然富得難以形容。然而富卻害了他，害得他有點飄飄然，《明史．馬皇后傳》，説他築了金陵城之後，又請犒軍，明太祖勃然大怒，罵道：「匹夫犒天子軍，亂民也，宜誅！」要殺他的頭，可知明太祖懷恨在心，後來終於將他的聚寶盆拿了來，打碎了埋在金陵門下，金陵門因之俗稱聚寶門，而沈萬三呢，也被充軍到了雲南，財敵不過勢，可憐的沈萬三，「江南一場春夢曉」。

拉拉雜雜抄了許多書，發了許多議論，似乎和小說沒有什麼關係，然而，這篇小說講的就是聚寶盆。

郭幼倫和他的女朋友蔡美約一起到郊外旅行，他們出發的時候，天氣很好，郭幼倫駕着他的新摩托車，風馳電掣，好不威風。

然而，摩托車這玩意兒，最怕下雨，他們到了目的地，才攤開野餐的餐布，烏雲四合，眼看就要下雨。郭幼倫還想拉着蔡美約在大樹下避避雨，可是天色愈來愈黑，雷聲隆隆，他們害怕起來，連忙向着一條小路馳去。

等到他們來到了一幢小型別墅的門前時，大雨已經嘩嘩地落了下來。

郭幼倫和蔡美約兩人，奔到屋簷下，有了避雨的所在，但是因為雨勢實在太大，所以不到兩分鐘，身上也已被雨水濺濕，而在這兩分鐘之中，郭幼倫一直在敲着門，希望到屋內避避雨。

看來，那屋子像是沒有人，要不然，郭幼倫敲了兩分鐘門，幾乎將門都拆了下來，屋中如果有人，焉有聽不到的道理？

然而，世上事，往往有出人意表的，就在他們以為那屋子中沒有人時，門卻打開了。

門只打開了一些，門口還有一條很粗的鐵鏈拴着，在門內，只可以看到一個中年人的半邊臉。那中年人一副不耐煩的神氣，喝道：「什麼事？」

郭幼倫忙道：「對不起，真對不起，外面雨大，能不能讓我們進來避避雨？」

郭幼倫是才從美國麻省理工學院畢業回來的高材生，有着博士的頭銜，已就任為一家電子工廠的高級工程師，外表斯文，風度翩翩；蔡美約是一個青春貌美的少女。門中的那中年人打量着他們，足足有一分鐘之久，大約看他們實在不像是歹徒，是以才勉強地道：「好，可是我不喜歡人家騷擾我，雨一停，你們就得走！」

郭幼倫忙道：「當然，當然，謝謝你！」

那中年人拉開了門鏈，打開門，讓郭幼倫和蔡美約兩人進去。一進門，郭幼倫向那中年人看了一眼，就微笑了起來。那中年人身上，穿着一件白袍，而且，他的身上，留有一種郭幼倫十分熟悉的氣味，那是一種高級燒焊油的氣味。那中年人一定是正在工作，而且，他的工作，郭幼倫可能並不陌生。

但是，由於那中年人表示得十分冷淡，所以郭幼倫也不便多說什麼，只是和蔡美約兩人坐了下來，而那中年人連一句客氣話也沒有，便由一道樓梯匆匆走了下去。

郭幼倫和蔡美約兩人坐了下來，那是一個陳設簡單的小客廳，蔡美約低聲道：「這裏的主人，好像是一個與世隔絕的隱士！」

郭幼倫笑着：「當然不是，我敢說他是一個科學家，而且正在他的實驗室中工作，他可能是我的同行，科學家總是有些古怪的。」

蔡美約用明媚的眼睛望着郭幼倫：「你就一點也不古怪。」

郭幼倫笑着，心頭感到一陣甜絲絲的，他們兩人的手，不由自主，緊握在一起。

也就在這時候，突然，在樓下，傳來了一下沉悶的爆炸聲。

那一下爆炸聲，將郭幼倫和蔡美約兩人嚇了一跳，緊接着，樓下又有濃煙冒了上來，郭幼倫直跳了起來，大聲道：「發生了什麼事？朋友，你怎麼樣了？」

在郭幼倫的呼叫聲中，濃煙冒得更密，只見濃煙叢中，那中年人衝了上來，奔上了樓梯，喘着氣，面色鐵青，郭幼倫忙道：「出了什麼意外。」

那中年人狠狠地瞪着郭幼倫：「關你屁事！」

郭幼倫碰了一個大釘子，後退了半步，不再出聲。那中年人轉過身去，望着樓下，那時，濃煙已在漸漸散去，那中年人的臉色卻愈來愈難看。

郭幼倫心中感到很抱歉，如果自己不來的話，或者人家不至於出意外。

郭幼倫雖然碰了一個大釘子，這時仍然道：「朋友，要是我能幫你的話，我願意幫助你。」

那中年人「哼」了一聲，道：「你懂得什麼？」

郭幼倫沉聲道：「我或者不懂什麼，但是，我是麻省理工學院電子工程學博士。」

那中年人轉過頭來，滿有興趣地打量着郭幼倫：「哦，你認得康辛博士麼？」

郭幼倫不禁笑了起來：「那大鬍子麼？他是我的指導教授，我和他太熟了！」

那中年人也笑了起來：「他還留着那把大鬍子？他太太好麼，我真懷念他太太烤的牛油餅，那是世界上的第一美味。」

郭幼倫聽了，不禁呆了一呆。康辛博士是大學中的權威教授之一，也只有他最親密的朋友，才能夠嘗到康辛太太親手烤製的牛油餅，那麼，眼前這個中年人，一定也是一位了不起的科學家了！

郭幼倫在呆了一呆之後，不禁肅然起敬：「先生你也是麻省理工學院的教授？」

那中年人搖了搖頭：「不！」

他說了那一個字，抬起頭來：「雨停了，你們可以走了！」

郭幼倫以為已經和對方談得很合拍了，可是突然之間，那中年人卻又毫不客氣地下了逐客令，這令得郭幼倫感到十分尷尬，他還想說什麼，但是蔡美約卻在他的身後，悄悄地拉着他的衣角。

郭幼倫只好道：「謝謝你讓我們避雨，希望不是因為我們的打擾，而使你的工作損失。」

那中年人「哼」了一聲，道：「走吧！」

郭幼倫和蔡美約兩人，在那樣的情形下，自然再也無法逗留下去了，他們仍然維持着應有的禮貌，退了出去。天已放晴，他們自然也失去了郊遊的興趣，立即回到市區。

他們兩人，一路上不斷地在談論着那個中年人，郭幼倫的結論是：那中年人既然和康辛博士如此熟，那麼他一定是麻省理工學院的舊人。是以，他在送了蔡美約回家之後，回到了自己的家中，第一件事，就是翻閱那本厚厚的校刊。

在那本校刊中，郭幼倫有了發現，他看到了那中年人的照片，簡單的介紹是：王正操博士，傑出的科學家，在複印技術和電視新理論方面有巨大的貢獻，曾參加世界最大的電子顯微鏡的製造工作，他在微粒半導體電子上的理論是傑出不朽的，在本校任教期間，是最年輕的教授之一。

那張照片上的王正操，看來只不過二十多歲，而現在的王正操，已有將近五十歲了，所以，郭幼倫在學校中未曾聽過他的名字。

使郭幼倫奇怪的是，這樣一位傑出的科學家，自己一個人關在郊外，在作些什麼呢？

王正操學的是尖端的科學，他那門科學要有新的成就，決不是一個人在實驗室中能成功的，而且需要大量儀器的配備，這種儀器，幾乎是無法由任何私人所能夠負擔得起的。

這件事和我本來是一點關係也沒有的，可是，那位年輕的博士，郭幼倫先生的哥哥，卻曾是我進出口行中的一個職員，而且，也曾是我在許多事情中的一個十分得力的助手，後來，他去當了私家偵探，成立了一個偵探社，已經成了名偵探。對了，我的老讀者一定已經明白，他是小郭，而郭幼倫，是小郭的弟弟。

而我之所以得知這件事，也是一個很偶然的機會，小郭請我吃飯，晚飯後，大家天南地北地扯着，小郭忽然問我，道：「一個傑出的科學家，放棄了他在美國大學的教授職位，而在鄉下隱居，做着實驗工作，你說，他是為了什麼？」

當我聽到小郭這樣問我的時候，我轉動着酒杯，笑了一下，道：「他想做什麼？那太難以回答了，他可能只不過想發明一個與人對答的洋娃娃，也有可能，他正在埋頭研究毀滅全世界的武器！」

小郭聳了聳肩，我隨口問道：「你說的那個教授，是什麼人？」

小郭道：「他叫王正操，王正操博士。」

我呆了一呆，這個人的名字，我倒是聽說過的，他曾是出了名的怪脾氣科學家，在工程界有着極其重要的地位，我略呆了一呆，便道：「原來是他，那倒真想不到，他可以說是現代複印技術之父，憑着他的理論，才製造成各種各樣的複印機的。」

小郭道：「不錯，在我弟弟對我提起了他之後，我曾經查過他的資料，確如你所說的那樣，那麼，你認為他現在在幹什麼呢？」

我喝了一口酒，道：「那我怎麼知道。」

於是，小郭便將郭幼倫和蔡美約郊遊遇雨，到了王正操處避雨的經過，講了一遍。

我用心聽着，等到小郭講完，我才道：「他自然是在從事一項十分重要的研究工作。」

小郭道：「可是他為什麼要躲起來研究呢。」

我道：「或者他認為他的研究工作應該保守極度的秘密，不想任何人知道，他有權那樣做，我們也犯不着去探索人家的秘密，是不是？」

小郭笑了起來：「我知道，你雖然這樣説，可是你的心中，卻比我更想知道，他在幹什麼。」

我不禁苦笑了一下，小郭説得對，我和小郭相識太久了，這就是我致命的弱點。當我知道了一件事之後，即使這件事與我全然無關，我也一定找出答案來，不然，就算我睡在最舒服的牀上也會睡不着；就算是在吃最美味的食品，也會食而不知其味。

我望了小郭一下：「你有什麼辦法，可以知道這位博士在做什麼？」

小郭道：「你的辦法比我多得多，何必問我！」

我吸了一口氣：「我已經想好了，開門見山，我去拜訪那位怪博士。你可以在你兄弟處拿到他的地址麼？我準備現在就去。」

小郭叫了起來：「現在就去？太心急了吧！」

我道：「一點不，你知道我好奇心重！」

小郭放下了酒杯，去打電話，三分鐘之後，他回來告訴我王正操博士的地址，我立時出了門，二十分鐘後，我轉進了那條僻靜的小路，又過了兩分鐘，我的車子停在那屋子之前。

那是一個月夜，月色很好，在月色下看來，那幢房子有一種神秘的感覺（或許是我心理作用，因為，我知道屋子中住着一個神秘的人物）。

屋子中一點燈光也沒有，我下了車，來到屋子前，四周圍十分靜寂，是以當我開始敲門的時候，連我自己也被敲門聲嚇了一大跳。

我不斷敲着門，足足敲了五分鐘之久，連手也敲痛了，於是我開始用腳踢，又踢了兩分鐘之久，我才看到裏面着亮了燈。

在裏面着燈的同時，我聽到了一個憤怒無比的聲音在喝問：「半夜三更，什麼人？」

我翻起手腕來看了看，真的，已經將近一點鐘了，我忙大聲道：「對不起，王博士，打擾你了，但是我實在想見你，真對不起！」

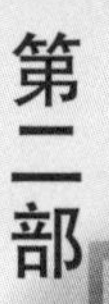

聚寶盆的碎片

我聽到腳步聲來到門口，但是門卻沒有打開來，而且，我連聲的「對不起」，顯然沒有作用，那聲音變得更憤怒，他簡直是在大聲吼叫着：「滾開去，別以為我沒法子對付你這樣的流氓。」

我呆了一呆，忙道：「王博士，我不是流氓……」

我才分辯了一句，門便「砰」地一聲，打了開來，我趁門打開剛想一步便跨進去之際，可是我的身子，才動了一動，胸前便已被硬物頂住了。

我低頭一看，不禁倒抽了一口涼氣！

頂住了我胸口的，是一支雙筒獵槍的槍管，而開門的那中年人，他的手指正扳在槍機上。

這種獵槍的性能我十分熟悉，如果那中年人的手指向後移動半吋的話，那麼我的胸前一定會出現一個比海碗還大的大洞。

而且，這種獵槍，十分容易走火，所以，我一呆之下，立時向後退了三四步。

那中年人喝道：「滾不滾？」

我攤開了雙手：「王博士，我一點惡意也沒有，只不過想來和你談一談。你或許聽過我的名字，我叫衛斯理，如果你容許我介紹自己，那麼，我可以稱自己是一個經歷過許多怪事的人。」

那中年人舉起了槍，我那一番話，等於是白說了，他叫道：「滾！滾！」

隨着他那兩下呼喝，就是驚天動地的兩下槍響，我掉轉頭就奔，奔到了車前。

他的情緒是如此容易激動，我再不走，給他打死了，真是白死了。

我奔到了車前，再轉過頭去看他，他仍然站在門口，端着槍，神情似乎更憤怒了。

在我回過頭去看他的時候，他厲聲喝道：「你再來，就不會有命活着回去！」

我實在沒有別的話好說了，只好苦笑着：「博士，殺人是有罪的！」

那中年人厲聲道：「打從公路邊起，全是我的物業，外面釘着木牌，警告任何人不得私自進入，我想我殺了侵入我物業的人，沒有什麼罪！」

我又倒抽了一口涼氣，該死的小郭，該死的小郭的弟弟，他竟未曾向我說明這一點，還好我剛才奔得快，要不然，真是白死了！可是，叫我就這樣離去，我卻實在有點不甘心，我又笑着：「王博士，你一個人工作了那麼久，看來並沒有什麼成績，可要幫手？」

這一次，我得到的回答，更直接了，那是接連而來的四下槍響，我知道無法再逗留下去，便立即跳進了車子，迅速地退車，到了公路上。

當我的車子駛上公路之際，我還看到那中年人（我猜他就是王正操博士）端着槍，站在門口。

我嘆了一口氣，我失敗了！

我也不再到小郭那裏去，逕自回到家中，當我回到了家中，白素看到我那種悶悶不樂的神情，望了我半晌：「怎麼了？碰了什麼釘子？」

我將經過的情況講了一遍，她哈哈笑了起來：「你也應該受點教訓了，人家喜歡躲起來，自己獨自做研究工作，你去騷擾人家幹什麼？」

我翻着眼：「事無不可對人言，他偷偷摸摸，就不是在幹好事！」

她指着我的鼻尖：「最討厭就是你這種人，專愛管他人的閒事！」

我捉住了她的手：「什麼，我討厭？」

她笑了起來，我的心情也輕鬆不少，接着我就暫時將這件事忘記了。

第二天，小郭打電話來問我昨晚的結果如何，我又將經過的情況告訴了他，小郭笑得前仰後合：「你選擇的辦法不當，今晚偷進去如何？」

我道：「算了，看來他不喜歡人家打擾，我們還是少管閒事的好！」

小郭也同意了我的說法，我們又講了一些閒話，就中止了這次的通話。接下來的幾天之中，我還時時想起王正操博士。

我在圖書館中，找到了不少他的資料，也看了他的著作，那種高深的純科學性著作，其實我是很看不懂的，但總算給我囫圇吞棗地記熟了不少名詞。

隨着日子漸漸地過去，我對這位博士的興趣，已經消失了，我幾乎已將他忘記了。

那天下午，受一個朋友的委託，叫我辨別一幅王羲之草書條屏的真偽，我明知那是假的，可是那位朋友卻不信我的「片面之詞」，一定要我再找一個專家鑑別一下。

老實說，對一個花了極高的價錢買到了假古董而興高采烈的人，說穿他所買的東西是假貨，那真是一件十分殘酷的事，是以只要有一線希望，我也希望那幅字是王羲之的真迹。

我來到一家古董店中，那家古董店的老闆，已經七十多歲，生平不知看過多少書畫古玩，經他看過，再也不必找別人看。

我走進古董店，一個店員迎了上來，我是相熟的客人，我問他：「老闆在麼？」

店員道：「在，在裏面房間中，和一位客人在談話，衛先生請進去！」

我走向那間會客室的門口，還未曾推門，門就打了開來，我就看到了王正操。

王正操走在前面，老闆跟在後面，我一側身，王正操走了出去，並沒有看到我，老闆跟在他的後面：「王先生，真對不起，這樣的東西，真是可遇而不可求，能有一件，已經是難得之極了，我一生不賣假古董，可是上次你買的那件，我也不敢肯定它是真的！」

王正操轉過身來：「它是真的！」

他仍然沒有看到我，只是望着老闆：「你再替我留意着，只要有，不論多少錢，我都買。」

老闆有點無可奈何的樣子，只好連聲答應着，王正操轉過身，走了出去。老闆送到半路，便折了回來，向我搖着頭苦笑。

我和他一起進了會客室，他道：「天下真是無奇不有，什麼東西，都有人要。」

我道：「這位王先生你別小看他，他是一位極有來頭的科學家！」

老闆呆了一呆：「是麼？」

我打開了那幅字，老闆哈哈笑了起來：「快捲起來，別看壞了我的眼睛！」

我心中暗暗代那個朋友難過，將字捲了起來：「他上次向你買了些什麼？」

老闆道：「那是很久以前的事情了，有一個人，將一件東西，放在我這裏寄賣，那是一塊黑漆漆的東西，只有巴掌大小……」

我心急地道：「那是什麼？」

老闆笑道：「你聽下去，送那東西來寄賣的人說，他的祖上是太平天國的將軍，太平軍打進了南京城，他的祖上聽說聚寶門下埋着很多珍寶，就和幾個同僚連夜挖掘，希望發一筆橫財。」

我聽得極有興趣：「他們掘到了什麼？」

老闆道：「據那人道，他的祖上，那位長毛將軍，什麼也沒有掘到，可是卻掘到了一些碎片。他們起初也不知道那是什麼，後來，有人告訴他們，那是明初時，沈萬三聚寶盆的碎片。」

我聽到這裏，忍不住「哈哈」大笑了起來：「那麼，那個人拿來向你兜售的，就是沈萬三聚寶盆的碎片了，這倒和唐明皇的尿壺有異曲同工之妙！」

古董店老闆也笑了起來：「是啊，這實在太荒唐了，當那人說這樣黑漆漆的一塊東西是沈萬三的聚寶盆，我真忍不住笑了起來，不過，那人的祖上是太平軍的將軍，倒是沒有疑問的，因為他同時還帶來了兩封手書，一封是東王楊秀清的筆迹，另一封，是西王蕭朝貴的信，都十分珍貴！」

我道：「就算有了那兩封信，你也不能將那聚寶盆的碎片收進來啊！」

我在說到「聚寶盆的碎片」之際，特地提高了聲音，而且，又忍不住打了一個「哈哈」。

老闆道：「我自然不會出錢收買那種莫名其妙的東西，我只不過答應他，將這東西放在我的店中寄賣。」

我皺着眉：「即使那樣，對你們店的聲譽也有影響。」

老闆笑道：「自然，我當時也考慮到了這一點，可是那東西卻十分特別，非金非鐵，連什麼質地也分不出來，粗看，只是黑漆漆的一片，像是一塊舊瓦片，細看，卻有很多緊密的花紋，看來還很精緻，就算不能證明它是聚寶盆的碎片，總也很特別。」

我笑着：「那傢伙想賣多少錢？」

老闆道：「那人倒也有自知之明，他知道那樣的東西是無法定價的，他只要求將東西放在我這裏，要是有人看中了，就將這東西的來歷講給客人聽，隨便人家肯出多少錢！」

我仍然笑着：「要是人家只肯出一元錢呢？」

老闆也笑了起來：「他自然不肯賣，他的意思是，世上一定有識貨的人，會相信那是聚寶盆的碎片，出高價買去。」

兒。」

我譏嘲地道：「讓他慢慢等吧！」

老闆道：「嘿，你別說，世界上真是無奇不有，真還有人要買這玩意

我呆了一呆：「王先生？」

老闆點頭道：「是的，那位王先生在幾年前，到我們店裏來買字畫，他先看中了宋徽宗畫的一隻鸚鵡，後來就看到了那片東西。」

我打斷了老闆的話頭：「當時的情形如何，你得詳細和我說。」

老闆道：「好的。他看到了那片東西，呆了一呆，就叫我拿給他看，他拿在手中，仔細審視着，足足有半小時不出聲。我就趁機告訴他，這東西，我自己不敢肯定，但是有人說，那是沈萬三聚寶盆的碎片。王先生只是唔唔地答應着，後來，他才問我，要賣多少錢。」

我忙道：「你怎麼回答他？」

老闆笑了起來：「我開了那麼多年古董舖，開價錢最拿手，你知道，古董

的價錢本來沒有標準，價錢的高低，得從顧客臉上的喜愛神情來斷定，我當時看到王先生似乎對這塊東西入了迷，一定十分喜愛，所以我先吹噓了一番那東西是如何難得，並且也隱約暗示他，是不是聚寶盆的碎片，實在很難說，接着，我就豎起了一隻手指，我的意思是說，一千元。」

我愈聽愈覺得有趣，道：「那位王博士的反應如何？」

老闆笑道：「把我嚇呆了，他竟連考慮也不考慮，只是向我豎出的手指，望了一眼，就道：『一萬美金麼？好，我買！』立即就拿出了銀行支票來！」

我攤了攤手：「你就以一萬美金價錢，將那東西賣了給他？」

老闆道：「是啊，他連錢都拿出來了，難道我還能自動減價！」

我笑道：「真是無商不奸！」

老闆笑道：「你別罵我是奸商，我自然覺得有點不好意思，是以在將那東西交給他的時候，一再聲明，所謂聚寶盆的碎片，實在不可靠，但是他卻連聽也不聽就走了！」

我道：「哼，他發覺受了騙，自然會來找你！」

老闆道：「我也那麼想，所以過了大半年，我才分了八千美金給那人。到今天，他忽然找上門來，我還以為有麻煩了，怎知道他還要一片，他願意出更高的價錢，再買一片！」

我「哈哈」笑着：「他買出味道來了，我想，他可能是想買齊所有的碎片，用膠水將之補起來，那麼，他就可以有一隻聚寶盆了！」

老闆搖着頭，道：「難說得很，這種東西，我一生之中，也只遇到過一次，哪裏再去找第二片去？可是剛才我送他出去的情形，你是看到的了，我一再聲明，那片東西實在靠不住。他卻一口咬定，那是真的，真不知他用了什麼辦法，肯定了那真是沈萬三聚寶盆的碎片？」

我又想大笑起來，可是我還沒有笑出聲，突然之間，呆一呆。

在那一剎那間，我的心中，重複了一下古董店老闆的問題：「他有什麼法子，證明那一片東西真的是沈萬三聚寶盆的碎片呢？」

如果他無法證明，那麼他就不會再出高價來買第二片；如果他已證明了，那麼他用的是什麼方法？

而且，如果他已經證明了那的確是聚寶盆的碎片，那麼，聚寶盆究竟是什麼東西？

就在那一剎那間，我突然想到，整件事一點也不好笑，而且，有太多太多之處，值得令人深思。

關於沈萬三的聚寶盆，我自然知道得不少。相傳，這個盆，放金子下去，就滿盆是金子；放銀子下去，就滿盆是銀子。而這個盆最後的歸宿，是被明太祖朱元璋要了來，打碎了埋在南京的金陵門之下的。金陵門至今，還被叫着聚寶門。

我呆了片刻，不出聲，這時，古董店老闆反倒笑了起來：「怎麼樣，你也入迷了？」

我忙道：「那麼，你不準備替他去找第二片麼？」

老闆攤着手：「上哪裏找去？」

我道：「再找那個人，他或者還有。」

老闆笑道：「他要是還有，在收到那八千美金時，早就又拿來給我了！」

我想了一想：「那人叫什麼名字？住在什麼地方？你能不能告訴我？」

老闆笑道：「自然可以，我去查一查。」

我等了十分鐘，老闆已經查了出來，我立即將那人的姓名、地址抄在紙上。那是：石文通，錫祥路二十三號四樓。

我向老闆告辭。先將那卷字，送還給我那朋友，拍了拍肩頭，向他說了一句話：「上一次當，學一次乖！」

然後，我到了錫祥路，走進那條路的時候，我就不禁皺了皺眉，那一條路的兩旁，全是古老得陰沉可怕的舊房子，在這條路上走着，每一步都提心吊膽，提防那些舊房子突然倒下來。

第三部

精密儀器的一部分

我總算找到了二十三號，從下面抬頭向上望去，房子明明只有三層，可是石文通的地址卻是四樓，若不是看到門口有一隻鐵皮信箱，寫着「二十三號四樓」的話，我一定以為找錯地方了。

我踏着搖搖晃晃、咯吱咯吱直響的樓梯，向上走去，我在自己對自己說，這應該是早該想到了的，石文通的景況一定不會好，要不然，他也不必將家傳的東西拿到古玩店去出售了！

我走完了三層樓梯，才知道所謂「四樓」是怎麼一回事，原來是搭在天台上的幾間鐵皮屋子。

我走到了天台上，有兩個婦人正在洗衣服，我咳嗽了一下，她們抬起頭來，用疑懼的眼光望定了我。

我知道自己是不速之客，是以我盡量使自己的聲音，聽來十分柔和，我道：「請問，有一位石文通先生，是不是住在這裏？」

兩個洗衣婦人中的一個，立即低下頭去，繼續洗衣；另一個，則在圍裙中抹着雙手，站了起來，而在她的臉上，則現出十分尷尬的神色來：「先生，你找……我當家的？」

我點點頭道：「是，我找石先生！」

那婦人自然是石文通的太太，而當我那樣說之後，石太太的神情更加古怪，她道：「先生，請你寬限幾天好不好，這幾天，我們實在手頭不便。」

我呆了一呆，一時之間，我實在無法明白她那樣說是什麼意思。

然而，在看到石太太那種神情之後，我卻明白了，當我明白了之後，我不禁嘆了一口氣，石太太將我當作是債主了！

有一個陌生人上門來，就以為他是債主，那麼，這家人的狀況如何，實在是不問可知了，我早就料到石文通的環境不會太好，但是卻也料不到會糟成這樣。

我忙道：「石太太，你誤會了，我來找石先生，是因為有一個朋友介紹，想和他談談，他並沒有欠我什麼。」

石太太望了我半晌，像是鬆了一口氣，接着，她道：「真不好意思，我欠的債主實在太多了。」

她說完了這一句，便提高了聲音，叫道：「文通，文通，有一位先生找你！」

她叫了幾聲，我就看到在其中一間鐵皮屋中，探出一個亂髮蓬鬆的頭來，有一雙失神的眼睛望着我，那人約莫四十來歲，憔悴得可怕，穿着一件又舊又破的睡衣，他看到了我，嘴唇抖動着，卻發不出聲音來。

我連忙向他走了過去：「是石先生麼？我姓衛，叫衛斯理。」

我知道他是在南京長大的，是以一開口，就用南京話和他交談。全中國的方言不下數千種，有人認為閩、粵兩地的方言難學，因為佶屈聱牙，但是學那樣的方言，還不是最困難，最難學的是像南京話那樣的方言。南京話聽來，和普通人所講的國語沒有什麼不同，可是卻有它特殊的尾音和韻味，外地人想學，可以說是永遠學不會的，而我那幾句，講得十分字正腔圓，自然是因為我曾在當地居留並且下過苦功的緣故。

我在南京居留，是因為去研究當地的特產雨花台石，在研究雨花台石的過程中，還有着一個十分奇特的故事，和現在的「聚寶盆」的故事是完全無關的，是以約略一提就算了。

果然，我那幾句話出口，石文通神情憔悴的臉上，立時出現了笑容來：「哦，原來是老鄉，衛先生，可有什麼關照？請進來……坐……」

我在奇怪，為什麼石文通在「請進來」和「坐」之間，要停頓一下，但是當我一跨進他的鐵皮屋之際，我就明白了。

原來他那間屋子，小得根本連放一張椅子的地方也沒有，而且，也根本連椅子都沒有一張，我完全沒有地方坐。石文通顯得十分不好意思：「衛先生，老鄉來了，總得招待一下，我請你上茶樓……」

我忙道：「別客氣了，是我有事來請教石先生，該我請，要不要請大嫂一起去？」

石文通聽說是我請，立時高興了起來：「好，好，她不必去了！」

來。

他順手拉起一件十分殘舊的西裝上裝，就穿在睡衣上面，和我一起走了出來。

我們下了樓，來到了街口不遠處的一家茶樓中，我先等他狼吞虎嚥，吃了不少東西，才問道：「石先生，你曾經賣過幾件古董給一家古董店，那是兩封太平天國要人的信件和一塊聚寶盆的碎片！」

石文通一聽，神情立時緊張了起來，忙道：「那兩封信是真的，一點不假！」

我點頭道：「沒有人說你是假的，就算那聚寶盆的碎片是假的，只要人家願意出錢買，你也不必負是真是假的責任了。」

石文通嘆了一聲：「其實，那東西是真是假，我也很難說，不過據我祖父說，那真是我的高祖，在聚寶門下，掘出來的，一定是聚寶盆的碎片！」

我道：「你們只傳下來一片？」

石文通呆了一呆：「什麼意思？」

我道：「有人想再找一片，如果你還有的話，那麼可以趁機賣一個好價錢。」

石文通呆了半晌，像是不相信我的話一樣，過了好一會，他才道：「那真是怪事一件，居然有人還想要那樣的東西，那真是聚寶盆的碎片？就算是真的，要來又有什麼用處，又不是整個聚寶盆？」

我笑道：「那總是出名的古董啊，你有沒有？」

石文通道：「可惜，我沒有了！」

我聽得他那樣說，心中不禁一喜，因為他那樣說法，分明是說，他沒有了，但是別人還可能有。

我忙道：「那麼，誰有？」

石文通又吃了一大隻包子，才道：「韋應龍這小子還有一塊，他家的上代，和我家的上代，同是太平軍的將軍，他們一起去掘聚寶門，一共得到了四塊，四個人，一人分一片，現在其餘兩人的後代下落不明，但是我知道韋應龍這小子還有一塊。」

我大為高興：「如果你介紹我買了那聚寶盆的碎片，你可以賺到佣金！」

石文通也高興了起來，忙問伙計要了毛巾，抹着口：「好，不過這小子有錢，不知道他是不是肯賣，這樣，要是他不肯賣，我一定要他賣。」

我付了錢，站起來：「我們去找他談談再說！」

石文通的興致十分高，立時和我離開了茶樓，上了街車，石文通不斷和我說着他家原來是怎樣有錢，後來如何窮得連飯也吃不起。

他也向我說及了韋應龍的一些情況，使我知道了韋應龍現在是一家小型塑膠廠的老闆，我們現在就是到他那家塑膠廠去。

街車走了很久，才來到了工廠區，在經過了幾條堆滿了雜物、污穢的街道之後，才在一家工廠外停了下來，我看到十幾個工人和一個動作遲緩的小胖子，正在廠外的空地上包裝着塑膠花。

石文通一下了車，就大聲叫道：「韋應龍，小子，看看是誰來了？」

石文通擺出一副「老朋友」的姿態，可是那小胖子抬起頭來，向他看了一眼，神情不但很冷淡，而且，還顯得十分厭惡，連睬都不睬他。

石文通僵住了，站在街邊，不知該怎樣才好，我連忙走了過去：「這位就是韋先生麼？」

那小胖子向我打量了一下，大概是我身上的衣著看來還過得去，是以他的臉上總算露出了一點笑容來，道：「先生是……」

石文通忙搶着道：「這位是衛先生，大商家！」

韋應龍和我握了握手，對石文通的態度，也和善得多了，他連聲道：「衛先生有什麼指教？」

石文通根本不給我有說話的機會，他又搶着道：「應龍，你還記得我們祖傳的那聚寶盆的碎片？」

韋應龍「哼」地一聲，道：「那鳥東西，有個屁用！」

我又想開口，但是又給石文通搶着說了去，他道：「衛先生想買！」

韋應龍呆了一呆，笑了起來：「這種東西，也會有人要，你別又來和我開玩笑了！」

石文通忙望定了我，這一次，他無法搶着說話了，因為究竟我是不是在開玩笑，他也不知道。

我忙道：「韋先生，絕不是開玩笑，是真的，如果你願意出讓的話，請你開一個價錢。」

韋應龍看樣子比石文通狡猾得多，他呆了一呆，顯然是在弄清我是不是在開玩笑，等他明白了我不是開玩笑時，他又向石文通望去：「你的那塊呢？為什麼不賣給衛先生？」

石文通道：「我早幾年就賣掉了！」

韋應龍立時道：「賣了多少？」

想不到我只請石文通吃了一餐點心，石文通居然幫了我一個大忙，他向我眨了眨眼，道：「賣了兩千元錢！」

石文通將價錢說得十分低，可是，即使是這個價錢，看韋應龍臉上的神情，他也已經心滿意足了。

可是韋應龍卻道：「嗯……那我的這塊，應該貴一點，至少要值五千元了，對不？」

他望着我，本來我是可以一口答應下來的，但是我卻並沒有那麼做，我道：「我現在無法決定，我要看過你那塊東西之後再說，如果你那塊比較大一些的話，價錢自然可以高些。」

韋應龍道：「好，我帶你去看。」

他大聲吩咐着工人加緊工作，就和我們一起離去，他就住在離工廠不遠的一條街上的一幢普通的大廈之中。

進去之後，他到房中轉了一轉，就拿着一個紙盒子走了出來。

這時候，我的心情不禁十分緊張，因為我就可以看到聚寶盆的碎片了，傳說中的聚寶盆是如此神奇的東西，而且，就算是一片聚寶盆的碎片，自然也充滿了神秘的意味，至少一位譽滿世界的科學家，買了一片之後，還要尋求第二片！

可是，當韋應龍將盒子打開來之後，我不禁大失所望，盒中有一些紙碎，在紙碎中，是手掌般大小、形狀不規則的一片碎片。那碎片是黝黑色的，約有一吋厚，從它的厚度來看，像是大水缸中敲下來的一片。

我道：「就是這東西？」

韋應龍道：「是，和石文通的那塊是一樣的。」

我在盒中，將那塊東西拿了出來，那東西一上手，就給我以一種奇異的感覺，它十分重，可是它又不像是金屬。

這多少使我感到了一點興趣，我再仔細審視着那東西，我看到，在它的表面有許多細密的紋路，細密到了難以形容的地步，而且，還有不少極細小的小孔。

在它斷口處，有很多米粒大小的珠狀物，我用手指剝了一粒下來，發現這種珠狀物之間，有一股極細的線連結着，自然，那股細線一拉就斷。

我實在不明白這是什麼東西，但是那決非是一塊大瓦缸的碎片，倒是可以肯定的。

我看了很久，韋應龍道：「怎麼了，五千值不值？」

事實上，不論那是什麼，也不論韋應龍開價多少，我都準備將之買下來。因為有了這塊東西，我就可以和王正操晤面，弄明白他為什麼要找尋這東西。

但是，我還是考慮了半天，才道：「好吧，五千！」

我將那塊東西，放進了盒中，數了五千元給韋應龍，韋應龍將鈔票數了一數，才抽了一張給石文通，我帶着那東西，和石文通告辭出來。

到了街上，我和石文通又進了一家茶樓，我開了一張面額很大的支票給石文通，道：「多謝你的幫忙。」

石文通拿着支票，手在發抖，連聲多謝，我笑道：「不必太客氣了，因為韋應龍不知道這碎片可以值多少，我也沒有多付什麼錢，你拿去做小本買賣，像韋應龍這樣的朋友，不交也罷了！」

石文通忙道：「是，是！我早就知道他不是什麼好東西！」

我和石文通分了手，回到了家中。

一到家中，我就將那片聚寶盆的碎片，取了出來，放在書桌上，用一盞強烈的燈光照着它，然後，取出了放大鏡，仔細審視着。

在放大鏡和強烈的燈光照射之下，我發現那一塊碎片表面上的細紋，盤旋曲折，而且有許多細節的突起，那些細小的孔洞，直通內部。

而在它的橫斷面看來，那細小的一粒一粒、緊密排列着的晶狀體之間，也彷彿全有着聯繫，我用鉗子，夾出了幾粒來，每一粒之間，都有極細的細絲連結着。

那片碎片，乍一看來，十足是瓦缸上面敲下來的一塊破瓦而已，可是愈看愈是奇妙，看來，那竟像是高度工藝技術下的製成品。

我不禁呆了半晌，王正操博士在看到了那塊碎片之後，一定有所發現，所以他才毫不猶豫以一萬美金的高價買了下來。

而且，更有可能的是，他在買下了那塊碎片之後，一直在埋頭研究那東西。

然而使我不明白的是，王正操並不是一位考古學家，他只是一位電子科學家，學的是尖端的科學，他為什麼竟對一件古物如此有興趣？

我在翻來覆去審視着那塊碎片一小時之後，仍然不能肯定那是什麼東西，但是那是一件奇特無比的東西，是毫無疑問的了。

當我聚精會神坐在書桌之前的時候，白素曾兩次來催我吃飯，到了第三次，她有點不耐煩了，大聲道：「你究竟在研究什麼？」

我抬起頭來，在那剎那間，我心中陡地一動，白素對於整件事，全無所知，我何不趁此機會，試試一個全不知情的人，對那塊碎片的看法如何？

於是，我側了側身，道：「你來看，這是什麼，你有什麼判斷？」

她向桌上那塊碎片看了一眼，笑道：「從大水缸上敲下來麼？」

我道：「你仔細看看再說！」

她走了過來，將那碎片拈在手中，臉上現出驚訝的神色來：「怎麼那樣重，好像是金屬似的？」

她將碎片放到了燈光下，也仔細地看着，看了好久，才轉過頭來道：「這究竟是什麼？照我看來，這好像是什麼太空船的一片碎片。」

我不禁呆了一呆，不論我如何想像，我也未曾將那碎片和太空船聯想在一起。因為我早已知道，那是明初大富翁沈萬三聚寶盆的碎片，自然不會再去聯想到和太空科學有關的一切。

我呆了一呆之後，忙道：「你為什麼會那樣想？為什麼你會想到這是太空船的碎片？」

她笑了笑：「或許我想錯了，也許是我用詞不當，我不應該說是太空船的碎片，而應該說，這是一具精密儀器的一部分！」

我又道：「你這種判斷，從何而來？」

她指着那碎片表面上的細紋：「你看，這些紋路，像是積體電路，這些突起的細粒，簡直就是電路上的無數電阻！」

由。

我吸了一口氣，她的想像力堪稱豐富之極，但是，也不能說她講得沒有理由。

她又道：「還有那些細小的圓粒，它們使我想起半導體電子管來，雖然那麼細小，但是我相信它們一定有着非凡的作用。」

我聽到這裏，不禁「哈哈」大笑起來：「你完全料錯了！」

她的臉紅了一紅：「那麼，這是什麼？」

我道：「這碎片，據說是明朝富甲天下的大富翁沈萬三的聚寶盆的碎片，我是用很高的價錢，將它買下來的。」

她聽得我那樣說，也不禁樂了，她將那碎片重重地放在桌上：「不消說，你又上人當了！」

我忙分辯道：「那倒未必，至少它使你認為那是什麼極其精密的儀器的一部分！」

她瞪了我一眼：「別多說了，快去吃飯吧！」

我們沒有再爭辯下去，而我三扒兩撥地吃完了飯，又找了許多筆記小說，翻閱有關沈萬三那聚寶盆被打碎的經過。據記載，明太祖聽說聚寶盆靈驗，下令沈萬三獻上聚寶盆，但是聚寶盆到了明太祖的手上，卻一點沒有用，明太祖一怒之下，就將之打碎，埋在金陵門下。

又有的記載說，明太祖懷疑沈萬三呈上去的聚寶盆是假的，是以和沈萬三開了一個大玩笑，玩弄了一下數字遊戲，借了一文錢給沈萬三，以一個月為期，每日增值一倍，一個月後，本利清還，沈萬三欣然應之，卻不知上了明太祖的大當。

在《碧里雜存》中，提到這一段事的記載如下：「太祖高皇帝嘗於月朔召秀，以洪武錢一文與之曰：煩汝為朕生利，只一月為期，初一至三十止，每日取一對合。秀忻然拜命，出而籌之，始知其難。」（沈萬三的名字是沈秀）

從這段記載看來，朱元璋顯然是有心裝一個陷阱讓沈萬三掉進去，一文錢，每日增加一倍，以一個月為期，那是二的二十九次方，簡直是天文數字！

第四部

他在研究什麼？

從這則記載中，可以看出兩點：其一、沈萬三的發財，真是靠聚寶盆而來，而不是做生意發財的，做生意要發財到這樣子，自然具有極其精密的數學頭腦，一聽得明太祖這樣說，就該知道不對頭，立時拒絕，怎會「忻然受之」？他沒有數學頭腦，做生意自然也不十分靈活，靠的是聚寶盆，殆無疑問。

其二，如果這時，沈萬三還有聚寶盆在的話，那麼，一個月下來，錢變得再多，也是難不倒他的，可是記載後來卻說，明太祖月尾派人來收數，沈萬三「竟至傾家」，那麼，可知他呈上去，給明太祖的那隻聚寶盆是真的了，他沒有了聚寶盆，自然再也生不出錢來了！

這雖然是幾百年之前的記載，但是對我來說，卻是十分有用。因為只要沈萬三當時，獻呈給明太祖的那隻聚寶盆是真的話，那麼，我這塊聚寶盆的碎片，自然也是真的聚寶盆碎片了！

這大半夜的翻抄舊書，很使我滿意，我將那碎片鄭而重之地包好之後才就寢。

第二天，我起來之後，第一件事，就是再去看那碎片，然後，我穿好了衣服，草草吃了早餐，駕着車，帶着那碎片，直赴郊外，去找王正操博士。

到了王博士的住所之處，我用力拍着門，又拍了好久，才有人應聲，門一打開，王正操滿面怒容，站在門前，當他一看到我時，更是怒意大熾，厲聲道：「你這流氓，又來了？」

我早已料到他看到我會大發雷霆的，所以我也早準備好了應付他的話。

我忙道：「王先生，我是古玩店劉老闆派我來的。」

這句話，當真具有意想不到的功效，王正操一聽，立時怒容消失：「啊，啊，你是劉老闆派來的，他已找到了我要的東西？要多少錢？請進來。」

他側身讓我進屋去，屋中的陳設很簡單，我坐了下來：「你要的東西，的確又有了一件，但並不是他找到了派我送來的。」

王正操興奮地擦着手：「只要有就好了，其他還成什麼問題？」

我笑着：「王先生，事情恐怕不如你所想的那麼簡單，這片東西是我的，如果沒有合適的條件，我不會將它輕易出讓。」

王正操呆了一呆，發出一連串的「啊啊」聲來，顯然是他在一時之間，不知該如何回答我的話才好，過了半晌，他才道：「啊，那你要什麼條件？」

我道：「先別談條件，你先看看，我那片東西是不是你所需要的。」

我將那碎片取了出來，交到他的手中，他忙撕開了包在碎片外的紙，將碎片湊到了陽光下，那時，我看到他的手在微微發抖。

只見他雙眼瞪得老大，瞪視着那碎片，像是那碎片上有着極大的魔力一樣。

同時，他口中在喃喃自語：「太奇妙了，原來是那樣，真想不到，要不是見到了，那真是想不到，原來是那樣。」

我完全不明白他那樣自言自語是什麼意思，但是我卻可以肯定，我帶來的那碎片，的確是他想獲得的東西了，我趁他聚精會神之前，走到了他的身邊，一伸手，將那碎片自他的手中搶了過來：「好了，看夠了。」

王正操忙道：「是，是，那正是我要的東西，你要多少錢？快說，我一定籌給你，多少錢？」

我笑着：「錢還在其次，我另外有一些條件！」

王正操迫不及待地道：「什麼條件，快說，我一定可以答應你的。」

我道：「好，你已有了一片這樣的碎片，是不是？」

王正操道：「是的。」

我道：「你研究了你那片碎片已有很久了？我想知道你研究的結論！」

王正操的臉色變得十分難看，他自然想不到，我會單刀直入，向他問出了那樣一個問題。

接着，他又出現了一個十分難看的笑容來，用着分明是掩飾內情的聲調道：「奇怪了，有什麼結論，最佳的結論，也只不過是那碎片真的是沈萬三的聚寶盆的碎片而已，還會有什麼？」

我明知道王正操所講的不是實話，但是我卻無法反駁他。

的確，研究那碎片，最佳的結論，除了證明那碎片真的是聚寶盆的一部分之外，還能是什麼呢？

我略想了一想：「你已經達到了這一結論了，是不是？你曾對古董店的劉老闆說過這一點。」

王正操道：「是的。」

我道：「那麼你有一塊已經夠了，為什麼還要千方百計地找尋第二塊？」

王正操有點狡猾地眨着眼睛：「那是真正的古董啊，而且是如此富有傳奇性的古董，我有了一塊，自然還想得到第二塊。」

我心中明明白白地知道，王正操所說的全是鬼話。但是，我卻無法找得出他話中的破綻來，自然也無法揭穿他的謊話。

王正操望着我：「好了，你已經明白我為什麼要另一片碎片，你手中那塊，的確是價值十分之高的古董，你開價錢吧！」

我緩緩地道：「不，我不會開價錢，除非你讓我明白，你真正需要它的原因。」

在那一剎那間，王正操現出極其憤怒的神情來，他不出聲，我也不出聲，氣氛僵硬之極，我一直注視着他，在看着他的反應。

我看到，在他那種憤怒的神情漸漸消散之後，他盯着我手中的那碎片，現出十分貪婪的神情，接着又深深地吸着氣，在他的心中，一定在想着如何對付我。但是我已抱定了主意，不論他怎樣，我一定要知道了真相之後，才肯將那碎片給他。

我為了引誘他道出真相來，是以我道：「看來，你在這裏，正從事一項十分秘密的研究，是不是？」

王正操勉強一笑：「你錯了，那只不過是普通的研究，説來你不信，我是一個古董的愛好者，對一切古物都有癖好，你看這個！」

他走出去幾步，在一個茶几上，抱起一個大花瓶，又來到了我的身前，道：「譬如這個大花瓶，你看看，是洪武年製，也是我出高價買回來的。」

他一面說，一面將大花瓶的底向着我，在那花瓶底上，我果然看到「洪武年製」四個字，但是那隻花瓶卻顯然是不值錢的貨色，我笑道：「你……」

我才講了一個字，我絕對料不到的事情發生了，王正操竟突然地舉高了花瓶，向我的頭上疾敲了下來。

在那一剎那間，我倒並不感到疼痛，我只是聽到了花瓶的破裂聲，接之而來的是一陣奇異的聲音，像是一架鋼琴，在十分之一秒鐘內，散了開來一樣。

緊隨着那「嗡」地一聲響之後，我眼前一陣發黑，身子一晃，就昏了過去。

那實在是完全出乎我意料之外的事，直到我醒了過來之後，我幾乎仍然不能相信，那竟會是事實，一個如此著名的教授、高級知識分子竟會用那樣的方法，來得到他所想要的東西。我們還怎麼做人呢？人實在是太可怕了，可怕到了叫人無法提防的程度。

我在醒了過來之後，頭頂上仍然傳來一陣劇痛，像是有一塊燒紅了的鐵放在我的頭上一樣。我想伸手去摸一摸我頭上的傷勢怎樣，但是我卻發覺我的雙手被反綁着。

我轉過頭去看，可以看到，我的雙手，是被緊緊地反綁在一張巨大的桌子上，而那張桌子則被豎起來，靠在牆上。

我所在的地方，顯然是一間雜物室，有着許多凌亂的雜物，上面還滿是灰塵。

我也立即發現，不但我的雙手被反綁着，連我的雙足也被緊緊地綁在那張大桌子上，而我是絕對沒有法子帶着那張桌子移動的。

當我弄清楚自己的處境之後，我不禁苦笑了起來，在我的心中，立時想起了許多有關「怪博士」的故事來。我現在，顯然也是落在這樣的一個「怪博士」的手中了，他將會如何對付我呢？

在我所看過的小說之中，怪博士對付他俘虜的花樣可多了，有的甚至會將俘虜浸在鹽酸之中，使之變成一副完整的骨骼模型。

當我想到這些故事的時候，我真感到不寒而慄，王正操會怎樣對付我呢？

我呆了片刻，陡地大叫了起來，我叫得十分大聲，一次又一次地叫着，當我足足叫了幾分鐘之後，雜物室的門「砰」地一聲，被打了開來，面色鐵青的王正操站在門口，尖聲道：「你別叫了，好不好？」

我喘着氣：「這倒好笑了，你搶了我的東西，將我綁在這裏，還不准我叫救命麼？」

王正操搓着手，我看到他的額頭在冒着汗，好像他比我還要緊張。

我又道：「王教授，你太蠢了，我到你這裏來，很多人都知道的，如果你不放我，那麼，你就有很大的麻煩，罪名嚴重！」

我用話威嚇着王正操，王正操居然連連點頭，他道：「我知道，我知道我有麻煩了，如果我能殺了你，我就不會有麻煩，可惜我不會殺人！」

我不禁呆了半晌，看王正操的情形，他真的是想將我殺死，一了百了！

而他之所以未曾對我下手的原因，可能是因為他不論怎樣，總是受過多年高深教育的人，對於殺人這件事，他做不出。

但是，從他想到了殺人這一點，而並不想到將我放走、將那碎片還給我，或是將他研究那碎片的真正情形告訴我，那麼，也可想而知，我是很難有其他的辦法，令他說出來的了！

我嘆了一聲：「王博士，算了，我不再追根問柢了，你將我放開來，我帶來的那塊碎片，算是我送給你的，希望你的研究成功！」

王正操定定地望着我，看他的神情就像一個木頭人一樣。

接着，他又近乎天真地道：「你，你不會是騙我吧，在我將你放走之後，你就去報警？」

我淡然笑着：「你放心，不會的，我尊敬你是一位在科學領域上有極大貢獻的科學家。不想你再作進一步的犯罪，是以才那樣做，你一定不肯告訴我你在研究什麼，我有什麼辦法？」

王正操又望了我半晌，以十分感激的聲調道：「我不會忘記你的，你對我太好了，我的研究如果有了成果，我一定和你分享，我可以使你成為世界上最有錢的人，最最有錢！」

我聽了他的話，心中不禁陡地一動，脫口道：「你的研究成功，你就可以使我成為最最有錢的人？那麼，你現在所做的工作，是在製造一隻聚寶盆？」

王正操一聽我那樣講法，他的臉色又變了，他忙打岔道：「別開玩笑了！」

我當時心中一動，說出了那樣的話來，但是，我也隨即感到好笑，製造聚寶盆，太可笑！實在是太荒唐了！

所以我也笑了一笑，沒有再說下去：「好了，解開我吧！」

王正操用一柄小刀，將繩子割斷，恢復了我的自由，從他的行動來看，他倒不失是一個心地純止的人，因為我只不過是輕描淡寫地說了幾句，他就完全相信了我。

而事實上，他先用那樣的手段對付我，我完全可以將我說過的話不算數，算是騙他的，在道義上來講，我也無愧於心。

但是他卻相信了我，這證明他之所以用那樣的手段對付我，實在是因為他太想得到那碎片了，當他實在太想得到目的物之際，他便自然而然流露出了人性醜惡的一面，這似乎也很可以原諒。

我在抖了抖手之後，又向頭上摸了摸，頭頂上腫起了一大塊。

王正操握着我的手：「多謝你，真的，非常多謝你的慷慨！」

我沒有什麼話好說了，而且王正操一再地在說多謝，那也表示他不想我再逗留下去了，是以我便告辭，走了出來。

當我來到了陽光之下的時候，我不禁苦笑了起來，我這次，不但什麼都沒有得到，而且還失去了我費了不少錢、不少精神得來的那碎片。

如果硬要說我得到了什麼的話，那麼，我得到的，只是王正操一個虛無縹緲的承諾而已！

但是，我相信我所能得到的，也止此而已，因為我向王正操追問的那個問題，已迫得他幾乎要行兇殺人，如果不是他實在不願意道出他的秘密，他決不會在保守秘密和犯罪之間，選擇了犯罪的。

我認為我現在做得很對，王正操雖然對不起我，將我擊昏了過去，但是我卻沒有使他的犯罪有進一步的發展，我及時阻止了事情向惡劣一方面發展，雖然目前看來，我一無所獲，而且還遭到了損失，但是誰知道以後的事情會怎樣呢？

我出了門，走了兩步，王正操突然追了出來：「衛先生，等一等，我忘了告訴你一件事！」

我站定了腳步，轉回身來。

他喘着氣：「將你的電話號碼給我，同時，請你別再來找我，我到了有必要和你聯絡的時候，自然會打電話給你的。」

王正操竟然不要我再去找他，這實在太過分了！不論他現在做什麼，他總拿了我一片聚寶盆的碎片，他的研究工作，我是有份的，而他竟不許我來找他！

在那剎那間，我實是感到了極度的氣憤，我握緊了拳頭，幾乎要大聲呼叫了起來。

可是，也就在十分之一秒之內，我改變了主意，我苦笑了一下，攤着手：「好吧，你認為應該怎樣就怎樣好了，我的電話號碼是——」

我把電話號碼告訴了他，他一轉身走了進去，「砰」地一聲，將門緊緊地關上。

我苦笑着，搖了搖頭，促使我改變主意的原因，是因為我想到，我既然已作了那麼大的犧牲，也不必在乎這一點小犧牲了。

而且，老實說，王正操也不是一個有趣的人，和他見面，可以說是乏味之極，就算他請我前去，我也未必肯去見他。

我來到了車邊，又向王正操的屋子望了一眼，我心中在懷疑，王正操幾時會打電話給我，和他是不是會打電話給我！

我駕車回到了市區，先到那古董店去找老闆，將我又找到了一片聚寶盆的碎片的事情，講給他聽，接着我問他：「劉老闆，你開了幾十年古董店，見過的古物不在少數，以你來看，你認為那聚寶盆的碎片，究竟有什麼價值？」

劉老闆笑着：「那真是很難説了，古董是很難講價值的，毛公鼎是什麼？只不過是幾十斤銅而已，可是價值卻是無法估計的。」

我道：「即使是碎片，也一樣有價值？」

劉老闆皺着眉：「照説，這樣的碎片，應該有銘文的才名貴，你找到的那片有字麼？」

我搖頭道：「沒有字。」

劉老闆笑道：「真不知道那位王博士憑什麼來斷定它是真的，照我看來，要明初的古董，我這裏有，你對明初的將軍印有興趣麼？」

我大笑了起來：「劉老闆，你怎麼兜生意兜到我的頭上來了？」

劉老闆也笑了起來，恰好在這時候，有顧客進來了，我趁機和劉老闆告別，回到家中，將事情的經過和白素講了一遍。

白素望了我半晌，才搖着頭，笑着道：「好，那你就等着吧？」

我自然聽得出她話中譏諷的意味，我除了傻笑之外，也根本想不出用什麼話來回答她。

在我那次和王正操見了面之後，開始的幾天，我着實記掛着那聚寶盆碎片的事。可是，半個月之後，我已經不怎麼想起，一個月之後，幾乎已經忘記了。

王正操自然一直沒有打電話來。

第五部

立體金屬複製機

一直到了有一天晚上，天氣嚴寒，北風呼號，我睡在牀上，也可以聽到凌厲的北風震撼着窗子所發出的聲響，在凌晨三時，我突然被電話鈴吵醒。

在那樣的天氣，甚至是伸出手來去拿電話，也不是令人愉快的事。

然而，我總不能任由電話鈴一直吵下去，我咕嚕着，拿起電話來，我聽到一個人道：「衛先生？」

我在拿電話的時候，已經看到了時間，不禁無名火起，大喝道：「你倒真會揀時間來打電話，你是什麼人，明天不做人了？」

那邊呆了呆，才又道：「真對不起，我因為實在太興奮了，忘記了時間。」

而這時候，我也聽出那是王正操的聲音，我忙道：「是王博士麼？」

王正操道：「是的，你快點來，我給你看一點東西，你立即就來，我曾經答應過你，讓你第一個分享我研究的成果的！」

我苦笑着：「真謝謝你，你找的時間真不錯。」

王正操道：「你一定要來，當你看到我研究的結果時，你才知道不虛此行。快來，記得，我只許你一個人來。」

我沒好氣地道：「現在這樣的天氣、這樣的時間，你就算出請帖，也未必有人來的，好吧，我來！」

我放下電話，白素也醒了，她着亮了電燈，我跳起來，穿了一件大皮袍，又圍上了一條厚厚的圍巾，好在我的怪誕行為本就多得很，她也早已習慣，是以她只是瞪了我一眼，翻身又自顧自去睡了。

我出了房間，只感到寒意自頭頂直到腳趾，我籠着手、縮着頸，來到了大門外，寒風撲面而來，我不由自主，打了幾個寒顫，心中在詛咒着王正操，同時，罵自己是一個大傻瓜。

當我來到了車房，取出車匙來之後，我的手冷得在發抖，以致竟無法將車匙插進匙子孔內去，足足費了三分鐘之久，我才弄着了車子的引擎，有了暖氣，我人才又恢復了活力。

我駕着車，直駛郊區，我將車子駕得十分快，是以當我到了王正操住宅的門口，用力擂他的門，他打開門來時，也不禁呆了一呆：「你來得好快！」

我推着他：「快進去，外面風大得很！」

他也叫道：「進來，進來，我給你看！」

他拉着我，穿過了客廳，由一道樓梯，走到了地下室，一進地下室，我就看到地下室十分大，裝置着許多儀器和控制台，分明是一間設備相當完善的實驗室，而看王正操的情形，他正在徹夜工作。

在那樣的寒夜，他竟徹夜從事研究工作，這種精神，實在令人欽佩。

我急不及待地問道：「你要給我看什麼？」

他先將我帶到了一張長桌子之前：「你看！」

我向那張長桌上看去，只見桌上攤着十多張白紙，每一張紙，大約有一寸見方，而在每一張白紙上，都有些粉末。

那些粉末數量十分少，我懷疑如果我湊近去看的話，只要打一個噴嚏，就會令它們失蹤，而這時，我鼻子發癢，正想打噴嚏。

所以，我並沒有俯下身子，只是直着身，看着那些粉末，那些粉末，大多數是閃光的青白色、黃色，看來像是金屬粉。

我實在有點難以抑遏心頭的憤怒，大聲道：「這是什麼鬼東西？」而王正操卻顯出得意萬分的樣子來：「這些，就是我研究的成果！」

我又道：「這些究竟是什麼？」

王正操逐張紙指着：「這是鋁粉，這是銀，那是金，而這裏是鉾、鐵和鎂，我檢查過它們的成分，毫無疑問，它們全是我所說的那幾種元素。」

我不禁啼笑皆非：「好了，就算是，那又怎麼樣，有什麼好看？」

王正操睜大了眼睛：「怎麼？你難道不明白其中的意義，我的發明，可以使整個世界的面目為之改觀，人類的文明將要重寫！」

如果說我不明白王正操的話，是我的愚蠢，那麼，好，我承認自己愚蠢，我已經不準備再和王正操再說下去了，我認為王正操的神經有點不正常，可是，王正操接着而來的一句話，卻令我呆住了！

王正操道：「你不明白麼，這些元素，是我複製出來的，你明白了麼？」

我呆住了不出聲，因為世界上，從來也沒有人，將「元素」這個名詞和「複製」這個動詞連結在一起的。我忙道：「你那樣說，是什麼意思？」

王正操突然按住了我的肩頭，搖着我的身子：「複製，你應該明白，複製！」

我搖着頭，表示我仍然不明白，王正操拉着我，向前走出了幾步，來到了一具十分複雜的儀器之前，那儀器連接着好幾座電子裝置，儀器的本身是一塊凹形的金屬板，上面有着另一塊平的金屬板。

王正操到了這儀器之前，按下了許多掣，然後他道：「拿一樣金屬的東西出來。」

我略呆了一呆，將我手中的一枚白金戒指除了下來，他接過了那白金戒指，放在那微凹的、直徑約有一尺的圓板上，蓋上了那塊平板，然後，又按下了許多製，最後，他扳下了一個紅色槓桿，我看到有一隻秒表，開始計時，在二十秒之後，他又扳回了那紅色的槓桿，所有閃亮的燈，一起熄滅。

然後，他道：「看，別眨眼。」

看到了那古怪的儀器，和他那一連串的操作，我已經沒有眨眼了。這時，他掀起那塊鐵板來，叫道：「你看，你看到了什麼？」

我將眼睜得老大，老實說，我關心的是我那枚戒指，因為它是具有紀念性的東西，當我看到那枚白金戒指還在的時候，我首先鬆了一口氣，別的，我看不到什麼。

我拿了那枚白金戒指，王正操道：「你怎麼不感到奇怪？」

我苦笑道：「我真感到奇怪，因為我看你操作了半晌，什麼結果也沒有！」

王正操揮着手，叫嚷着道：「你是個瞎子？難道你竟看不到什麼？你看不到，在那上面，已多了許多東西？」

我真是又好氣又好笑：「或許我要放大鏡才能看得到你所說的多出來的東西。」

我那樣說法，實在是任何人都可以聽得出，這是充滿了諷刺意味的話，可是王正操的反應卻又是出乎我意料之外的。

他點着頭，竟然道：「也許是，我給你放大鏡。」

他真的轉過身去，拉開了一個抽屜，取出了一隻放大鏡來，交給了我。在那樣的情形下，我着實有點啼笑皆非，可是我卻也無法不接受他的「好意」。

他將放大鏡交了給我，然後，興奮得漲紅了臉：「看，快看啊！」

我實在是不願意再用放大鏡去觀察的，可是在王正操的敦促下，我卻知道，如果我不裝模作樣地看上一番的話，我是過不了關的。

所以，我將放大鏡湊在眼前，俯身下去，觀察那個微凹的表面，也就是剛才放過我那枚白金戒指的地方。我是抱着什麼也不會發現的心情去觀察的，可是當我才一俯身下去，看到了那微凹的表面，看來十分平滑，但是在放大鏡下，卻可以看到它上面，佈滿了一個一個極其細小的小孔，那種小孔，對我來說，好像不是第一次見到的了，但是我這時，一時之間，卻想不起我在什麼地方曾見過這樣類似的小孔。

在我看到那些小孔的同時，我也看到了，在那些小孔的旁邊，都有着一粒極細極微的粉末，那一粒粉末在閃着光，看來好像是金屬粉末。

王正操已不斷地在道：「你看到了什麼，說啊，你看到了什麼？」

我據實道：「我看到了很多小孔。」

王正操又道：「小孔旁邊是什麼？」

我道：「好像是金屬粉末！」

王正操歡呼了一聲：「讓開！」

他一伸手，動作近乎粗暴地將我推了開去，接着，他用了一支十分柔軟的掃子，在那微凹的表面上掃着，然後，又用一張白紙，將掃聚在一起的一小撮金屬粉盛了起來，遞到了我的面前。

當白紙遞到我面前之際，我已可以不必用放大鏡，就看到了那一小撮金屬粉了，雖然它們聚在一起，也不會比半粒米更大。

我吸了一口氣：「那是什麼？」

王正操道：「是白金，不論你用多麼嚴格的方法來化驗，它們是白金，它們的成分，和你的那隻戒指上的白金，一模一樣！」

我聽了之後，不禁有點火冒，我道：「王博士，我已經說過，我的戒指是有紀念性的，你在我的戒指上，銼下一些粉末，是什麼意思？」

王正操聽得我那樣說，先是一呆，接着，他便「哈哈」大笑了起來。

他笑得那樣開心，像是他已然開到了一個金礦一樣，而他笑得愈是高興，我也愈是惱怒，正當我想再度向他嚴厲責問之際，王正操已停止了笑聲，道：「你的戒指，一點也沒有損失！」

我怒道：「那麼，這些金屬粉是哪裏來的？」

王正操道：「是我複製出來的。」

我呆了一呆，一時之間，我不明白他那麼説是什麼意思，王正操又道：「你用過複印機沒有？」

我腦中很混亂，我已經有一點意識到他想説什麼了，可是那是無法接受的事情，所以我除了點頭之外，什麼也説不出來。

王正操又道：「你用過複印機，自然知道，一份文件，不論複印多少次，都不會有什麼損失的？」

我道：「可是現在，卻多了一些金屬粉出來。」

王正操立時大聲道：「是的，你怎麼還不明白？那是我複製出來的，我這具儀器是立體複製機，可以複製出任何金屬！」

我呆住了不出聲，我腦中更混亂了。「立體複製機」，這是一個我從來也未曾聽到過的怪名詞。

王正操續道：「任何物質的基本組成是原子，而原子又是由電子組成的，電子的排列組合方式的不同，就形成了各種不同的物質。如果你能夠改變電子的排列組合，那麼，空氣可以變成金子，泥土可以變成白金，任何物質，可以轉變為其他的任何物質，只要你能改變電子的排列組合。」

我呆呆地聽着，王正操的理論是對的，誰都知道，但是，誰又能做到這一點呢？

我問道：「難道說，你已經解決了這一個難題？」

王正操道：「初步，要是我解決了所有的難題，那麼，在剛才我的操作之後，你看到的，就不會是一些白金的粉末，而是無數的白金戒指，和你手中那隻一模一樣，滿滿的一盆。」

我失聲道：「那樣，這隻盆簡直就是一隻聚寶盆！」我在那樣說的時候，其實還沒有想到什麼，只不過是為了王正操的話而聯想到了聚寶盆而已。可是我的話才一出口，我就陡地呆住了：聚寶盆！

照王正操那樣的說法，他這具「立體複製機」簡直就是聚寶盆，而聚寶盆的碎片，正是王正操千方百計要求得的東西，而且在那一剎那間，我也想起，那微凹的表面上有許多小孔，而在我得到那聚寶盆的碎片之後，仔細審查之際，我也曾發現那上面有許多小孔，所以我剛才有似曾相識之感。

我呆了一會之後，立時瞪大了眼，張大了口，望着王正操。王正操道：「是的，你真聰明，我這具立體複製機就是聚寶盆，唉，如果再給我有多幾片聚寶盆的碎片就好了，我一定很快可以將立體複製機成功地製造出來。」

我呆了半晌，心中不知道有多少問題一起湧了出來，但是這許多問題擠在一起，卻是凌亂得連我也不知道該如何發話才好，是以我不斷地說着「這個」、「這個」，但結果卻無法說出一句完整的話來。

王正操望着我：「你對我初步研究的成果有懷疑？如果你有懷疑的話，我還可以再試一次給你看看，你身上還有什麼金屬物品？」

我忙道：「那倒不必了，我沒有什麼懷疑，可是，你的意思是說，沈萬三的聚寶盆是一具立體複製機？這不是笑話？」

王正操卻正色道：「那有什麼笑話，你未曾讀過有關沈萬三聚寶盆的記載？」

我道：「我當然知道，但是那一切難道全是真的，真有那樣的事？」

王正操道：「在我未曾看到聚寶盆的碎片之前，我自然將那些傳說當作神話，可是當我一看到那聚寶盆的碎片時，就完全改觀。」

我道：「你在那碎片中看到了什麼？」

王正操道：「我看到的，是一件精密之極的儀器的一部分，我看到上萬個細小得直到如今人類科學還無法製造出來的電子管被串連在一起，而線路的複雜更是難以形容，我　眼就看出，它如果是傳說中的聚寶盆的碎片的話，那麼聚寶盆就一定是一具可以複製金屬的立體複製機。」

我一面點着頭，一面道：「就和你這具一樣？」

王正操聽我那樣講，不禁苦笑了起來。

王正操道：「我的這一具？我這一具與之相比，就像是石器時代的人剛發明的輪子，和現代的汽車相比一樣，相差實在太遠了，我相信沈萬三的那具聚寶盆，是手提的小型立體複製機，就算我的製作完全成功，想要造出一隻那樣子的聚寶盆來，也不是我這一生之中所能做得到的了。」

我呆了一呆，道：「那麼，沈萬三的那隻聚寶盆又是誰製造的呢？」

王正操道：「我問過自己，我想只有一個可能，那隻聚寶盆，是外太空、別的星球上的高級生物，到過地球，留在地球上的。除此之外，根本不可能有這樣的精密的製品，地球人再過一千年，也造不出來。」

我深深地吸了一口氣，從前，人們只將沈萬三的聚寶盆，當作是神話的傳說，從來也沒有人，試從科學的角度，解釋過聚寶盆放下東西去，「隨手而滿」是怎麼一回事。而如今，王正操的解釋，顯然是唯一的解釋，所謂「聚寶盆」，實際上，是一具根據改變物質電子排列組合，而改變物質原理而造成的立體複製機。

王正操又道：「而且我也可以肯定，沈萬三的那聚寶盆，動力來源是太陽能，因為我在聚寶盆的碎片中，找到了一組細小的晶體，有着極強的聚光作用，可以利用無窮無盡的太陽能，不像是我那具一樣，每操作一次，所耗費的電量，足夠買十七八兩白金的了。」

我腦海裏仍然一片混亂：「照你那樣説，也不對啊，為什麼朱元璋拿了聚寶盆去，『取視無驗』？要不然，他也不會將聚寶盆打碎了！」

王正操道：「這正是聚寶盆必須聚集太陽能才能進行一連串操作的原因，我相信沈萬三在初得了聚寶盆之後，第一次是無意之間發現聚寶盆的秘密的，記載中不是説他將聚寶盆當作『浣手器』麼？可能是暴露在日光之下。而以後，他一定已知道了必須在日光之下聚寶盆才起作用的秘密，他將聚寶盆獻給了皇帝，卻保留了這個秘密，皇帝自然不會在太陽下試聚寶盆，所以，聚寶盆也就成為廢物了！」

我眨着眼，仍然沒有法子説得出什麼來。

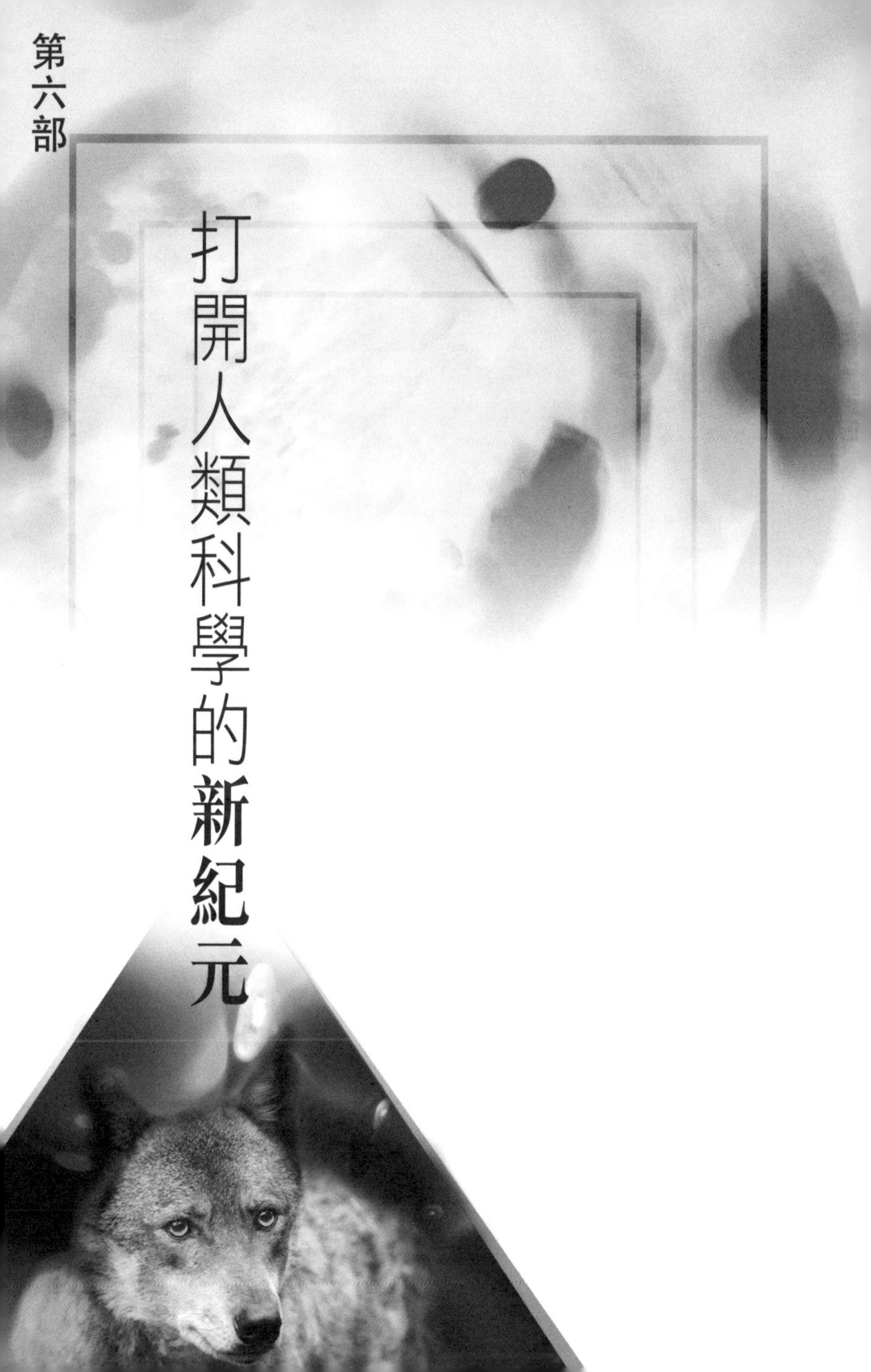

第六部

打開人類科學的新紀元

王正操續道：「我第一次得到了那碎片，花了極長的時間，將那碎片拆了開來，我已從那碎片中，得到了一些基本的概念，我就開始從事研究工作。然而，那一片碎片卻不能滿足我的需要，正如七百年前的人，無法從電視機的一部分，而仿造出一隻電視機來一樣！」

我道：「所以，又希望獲得第二片？」

王正操道：「是的，第二片給了我極大的幫助，使我有了初步的成功！」

我搖着頭：「現在你造成的，不是聚寶盆，而是散寶盆。」

王正操怒道：「什麼意思？」

我道：「是你自己說的，你一次操作，所耗的電費，可以買十七八兩白金，而你所得的是多少？」

王正操立時道：「我還未曾研究成功，等我成功了，你想想，我可以要什麼就有什麼，任何貴重金屬都會源源不絕而來，那是什麼樣的情形？」

我心頭怦怦地跳着，心中想，真的，那是什麼樣的情景！

王正操嘆道：「再給我幾片聚寶盆的碎片就好了，或者，再給我一片，我就可以參考着解決難題了！」

我望着他，王正操提高了聲音，他簡直是在大聲疾呼，他道：「你知道了麼？只要再有一片，我就可以製成一隻聚寶盆，你的白金戒指放下去，不到五分鐘，就可以變成幾千隻、幾萬隻，任何金屬，都可以複製出來，你明白了麼？」

他叫到後來，雙手扶住了我的肩頭，用力地搖着。

我並沒有制止他，因為一個人有了那樣的發現，是應該如此興奮的！

我竭力使自己鎮定下來，我將整件事，迅速地在腦海中歸納了一下。

在經過了初步的歸納之後，我得到了以下幾點結論：

（一）沈萬三的聚寶盆，是來自外太空的「立體複製機」，製造出這個立體複製機的「人」，他們的科學水準，比地球人高出了不知多少倍。

（二）我和王正操得到的碎片，就是當年被明太祖朱元璋打碎的「立體複製機」的碎片。

（三）立體複製機複製任何金屬物品的原理，是利用無窮無盡的游離電子，改變它們的組合排列，使它們成為各種不同的金屬元素。

（四）王正操以他超卓的科學技能，在那兩片碎片之中，得到了製造「立體複製機」的知識，他已經獲得了初步的成功。

（五）他還需要那聚寶盆的碎片，作為參考，那麼，他就可以做出完善的、大型的「聚寶盆」來。

我將這幾點，想了又想，王正操已不再搖撼我的身子，他只是以一種狂熱的眼光，望定了我。我苦笑了一下：「你望住我有什麼用？我沒有辦法再弄一片那樣的碎片來。」

王正操的回答，快得出奇，他道：「你能的，你能弄到第二片，一定能弄到第三片。」

我搖了搖頭，沒有說什麼，因為我發現王正操的情緒是在如此的狂熱之中，他根本無法接受任何合理的解釋，也就是說，他已有點不可理喻了。

果然，他立時又道：「你去想想辦法，我來繼續研究它，我們合作，你想想，如果我們成功了，如果我們成功了！」

他連說了兩遍，接着，便深深地吸了一口氣。

他未曾向下說去，事實上，也的確很難向下說下去，因為如果他成功了的話，那真是難以想像的，如果他將他的成功公開出來，那麼每一個人都可以用黃金來起屋、用白金板來裝飾牆壁。如果他成功了，「金本位」這件事，根本不再存在，金子比泥土還賤，那會引起一種什麼樣的變化，的確難以想像。

而如果他成功了，並不公開他的秘密，那麼，他自然又是另一個沈萬三，他可以在一天之內，獲得比美國國家金庫中還多的黃金；在一天之內，他可以成為世界上最富有的人，連科威特的酋長，也瞠乎其後。阿拉伯酋長有的只不過是石油，而他，可以有任何金屬，他甚至可以大量複製鈾。

王正操仍然望着我：「一切靠你了，你去想辦法，我保證，在我成功了之後，我們兩人，對所得的利益，平均分配。」

我嘆了一聲，那時，我的腦中仍然很亂。

我在回想着我找石文通，談及那聚寶盆的碎片的情形，石文通曾告訴我，當時，他們的祖先，那幾個太平天國的將領，掘到的碎片，一共有四片之多。

而我們現在得到了兩片，那也就是說，在理論上而言，至少還有兩片，不知下落。

自然，要得到那兩片，是極其困難的事，但是困難並不等於做不到。

而且，為了那麼偉大的成就，事情進行起來，就算再困難的話，似乎也值得試一試。

我想了片刻：「好，我再去試試！」

王正操的神情，就像是他已得到了第三塊碎片一樣，高興得跳了起來：「只要你肯去找，一定找得到的，一定找得到的！」

他講到這裏，頓了一頓，神情又變得極嚴肅：「記得，千萬不能將我的發明對任何人說起，什麼人也不能說。」

我略呆了一呆：「我可以答應你不對別人説，但是我的妻子，自始至終參與這件事，我回去之後，得對她將經過的情形講一講。」

王正操叫了起來：「不行，沒有一個女人是可以守得住秘密的。」

我立時道：「你弄錯了，她絕對可以保守秘密！」

王正操團團轉了半晌，才勉強地道：「好吧，可是你要知道，如果我們的秘密傳了出去，那麼，我的研究必然受到各種各樣的干擾，對你、對我，都沒有好處，所以我才要保守秘密。」

我點頭道：「我自然明白。」

王正操搓着手：「為了堅定你的信心，可要我再操作一次，給你看看？」

我大感興趣，忙道：「為了堅定我的信心，你最好讓我來操作一遍，而由你指導、解釋！」

王正操道：「好的。」

我取出了一柄鑰匙來，放在那微凹的金屬板上，然後蓋上了那塊平的金屬板。

王正操指導着我，按下許多掣鈕，一面道：「在整個操作過程中，放在裏面的金屬品，起的只不過是一種觸媒的作用，好在一連串複雜的過程之中，使吸收到的游離電子，照這種金屬的電子排列方式來組合。」

我一面照他所說，按下各種各樣的掣鈕，看着幾具比人還高的電子儀器閃着各種各樣的光亮，一面道：「可惜現在，複製出來的，只是一些粉末。」

我只不過是無意間這樣說了一句而已，卻未曾料到，我的話，居然大大傷了王正操的自尊心，他立時漲紅了臉：「你別小看了一些粉末，居禮夫婦當年，在一噸焦煤之中提煉出來的鐳，只不過是瓷皿底上的一些痕迹，但是鐳就是那樣被發現的。」

我聽了他的話，心中陡地一動，忙道：「王博士，你知道麼？就算你的研究工作沒有再進一步的發展，你也可以說是成功了。」

王正操愕然道：「什麼意思？」

我道：「現在，你的這具立體複製機，每一次，都可以複製出少量的粉末來，用來複製白金，自然是虧本的，因為它要耗去大量的電能，但是你想想看，如果它被利用來複製貴金屬的話……」

王正操道：「例如鐳。」

我道：「是啊，每一次，能夠得到那麼一點鐳粉的話，也已是了不起的成就了！」

我以為我的話，一定會使王正操大大興奮了，可是王正操在聽到了我的話之後，卻現出了一臉的不屑之色，自鼻子之中，發出「哼」地一下冷笑來：「你怎麼那麼容易滿足？一些粉末，算得了什麼？我要完全的成功！」

我聽他那樣講，便不再說什麼，最後扳下了那紅色的槓桿，然後，又過了片刻，扳回槓桿，揭起那塊金屬板來。

上一次，我要用放大鏡才能看清那些粉末，但是這一次，因為我事先留意，是以我立即就可以看到那些粉末了，這一次，是銅粉。

王正操又用那柔軟的刷子，將那些粉掃在一起，放在我面前。

老實說，我無法不承認他的確是創造了一個了不起的立體複製機。我吸着氣道：「好，我再去找聚寶盆的碎片，祝我們成功！」

王正操和我緊握着手，我告辭出來。

外面的寒風，一樣如此凜冽，但是我卻一點也不覺得冷，我心情的興奮，使我完全忘記了寒冷，如果現在不是天還沒有亮，我一定立即去找石文通了。

我先回到了家中，將我見到王正操的情形，和白素說了一遍，她起先不相信，在我的叙述中，不停地打着呵欠，可是她卻無法回答我的那幾個問題。

我問她：「你不信有立體複製機那回事，那麼，你能解釋沈萬三的聚寶盆是怎麼一回事麼？為什麼東西一放下去，就能滿盆都是？」

她揚了揚眉：「那或許是一件法寶。」

我立時道：「所謂寶物，其實就是科學製成品，哪吒的風火輪，就是今天的機器腳踏車，千里眼就是電視，掌心雷也和手榴彈差不多，所以，聚寶盆，就是立體複製機，毫無疑問。」

她笑着：「我不和你爭論，可是首先得肯定一點，沈萬三有聚寶盆，這個記載是不是可靠？」

我也笑了起來：「現在已不是這個記載可靠不可靠的問題了，事實上，我們得到的碎片，在專家的眼中，一眼就看出那是精密之極的電子儀器。」

她仍不感興趣，再打了一個呵欠：「我不是早已說過了麼？它像是一個太空船的碎片。」

我不禁說不出話來，因為事實上，她的確是早已那樣說過的了。

在那樣興奮的神情下，我是無法繼續睡得着，我又在書房中看着許多有關沈萬三的記載，發現那隻聚寶盆，除了是「立體複製機」之外，簡直不可能是別的東西。

王正操的發現實在太偉大了，可以說是打開了人類科學的新紀元。因為直到目前為止，人類科學對於「重現」這一方面，只能停留在「平面」階段，或者說，只是停留在「虛像」的階段，而沒有實體的。

照片是平面的，電視是平面的，有所謂「立體電影」，但是那只不過是利用光線所造成的一種視覺上的錯覺而已。但是王正操卻開了一個新的紀元，他創造了立體，改進了另一空間。

立體複製機，從立體複製機聯想開去，將來就可能有立體電視機，而如果立體複製機經過改良，可以複製一切物品，那麼，人只要造出一輛汽車來，在一天之內，就可以複製十萬輛，所有的其他機器全被淘汰，無窮無盡的游離電子，成為人類取之不盡、用之不竭的財富，到那時候，人真的可以要什麼就有什麼，世界上再也沒有紛爭、困擾了。

我一直呆呆地想，做着「白日夢」，等到我陡地驚醒之後，天已大亮了。

由於興奮，我一點也不覺得疲倦，我匆匆吃了一點東西，就去找石文通。

等到我到了石文通的住所之際，才知道他已經搬走了，幸而他的鄰居有他的地址，我又按址找了去。石文通見了我，歡喜莫名，他道：「我已用你給我的錢，開了一家小店子。」

我道：「那很好，現在，我還想要一片聚寶盆的碎片，你有辦法麼？」

石文通呆了一呆：「還想要一片？據我祖父說，那東西，一共被掘出來了四片，可是還有兩片早已下落不明了，上哪兒找去？」

我早知道石文通會那樣回答我的，所以倒也不是十分失望，我只是道：「那麼，你盡量留心着，一有消息，立即通知我。」

石文通連連點頭：「那東西有什麼用處啊？」

我自然不便將真相告訴他，只好含糊其詞地道：「那是古董，很值錢的。」石文通皺着眉：「好，我來想想辦法，在同鄉人之間，盡量找找那兩個人的下落，我知道他們一個姓蕭，一個姓楊，可能他們還在南京，也可能他們的後人也來到了這裏。」

聽得石文通那樣講，好像事情還不是絕望，我又簽了一張支票給他，作訂金，石文通人倒老實，他推辭不要，我將之塞在他的口袋之中，要他一有消息，就立即來通知我。我又去找王正操，將石文通的話轉告給他，王正操高興得不得了，他道：「最好那兩片一起找到就好了，那我可以將立體複製機，製造得更完美了。」

當天一天，我和他一起在實驗室中，聽他解釋着許多複雜的理論和他的立體複製機還存在的難題，我有的懂，有的不懂，但是都囫圇吞棗聽着。我答應王正操，一有消息，就立即告訴他，就和他告辭了。

在那天之後，我並沒有再和王正操怎麼見面，因為我怕打擾了他的研究工作，但是我們倒時時通電話，王正操是一點時間觀念也沒有的，他想起什麼時候要找我，就會拿起電話來，有時在半夜，有時在清晨。

而他打電話給我，大半是為了催促我加緊去尋找聚寶盆的碎片。我給他弄得啼笑皆非，因為這絕不是因為着急，便可以達到目的的事。

我也照樣去催石文通，可是石文通那方面，卻一點頭緒也沒有。

而當我在電話中問及王正操，他的研究工作是不是有進展之際，他的回答總是「沒有」，語氣顯得很沮喪。而且愈來愈沮喪。

到了一個月之後，天氣已經漸漸暖和了，石文通突然來到了我的家中，他高興地道：「衛先生，總算不負所託，有下落了！」

我高興得直跳了起來：「找到了？」

石文通忙道：「只是聽人家說，其中的一片，有人看到過，是在那姓楊的家裏！」

我忙道：「那姓楊的住在什麼地方？」

石文通苦笑了一下：「看到的人，是在十多年之前看到的，那時，姓楊的住在南京，我又去打聽過，那姓楊的已經死了，他的兒子好像不住在南京。」

聽到了那姓楊的住在南京，我已經涼了半截，更何況那姓楊的已經死了，而且，他的兒子也不在南京。

我呆住了出不得聲，石文通道：「真是沒有別的辦法了，那姓蕭的根本打聽不到下落，我知道姓楊的是一個有錢人家，他們家的大屋在南京很有名，如果到他家的大屋去找一找，或者有些希望。」

我苦笑道：「到南京去？」

石文通也苦笑着，我拍着他的肩頭：「不論怎樣，我謝謝你。」

在送走了石文通之後，我略想了一會，便又去找王正操，當我見到他的時候，嚇了一大跳，他憔悴得可怕，一見到我，就道：「要是再找不到另一片碎片的話，我看我要瘋了！」

我將石文通的話轉告了他，他呆呆地聽着，過了好一會，他才道：「是那樣啊！」

我也不知道「是那樣啊」究竟是什麼意思，我想告訴他，就算有人到南京去，那也是沒有希望的了，因為十幾年來的變動是如此之大，誰會一直保留着一片一點用處都沒有的東西？但是我卻沒有說出來，我反倒道：「王博士，如果你將你的研究工作，由科學先進的國家，集中力量來研究，或者很快就會有成就的。」

王正操卻發起怒來，喝道：「胡說，我絕不會公開的，你走吧！」

他下了逐客令，我自然也沒有辦法再逗留下去，所以只好走了。第二天，我打了一個電話給他，電話響了很久，沒有人接聽，我放下電話，沒有在意。第三天我又打了一個電話給他，又是沒有人接聽。

我呆了半晌，肯定已有什麼事發生了，我決定去看看他，等我到了他的住所之後，敲門敲了很久，也沒有人來開門，結果，我是撞門進去的。

當我撞門進去之後五分鐘，我就肯定屋中沒有人。在地下實驗室中，那些電子儀器仍然在，但是那一片微凹的金屬板卻不見了，顯然已被拆了下來。

我大聲叫着，也沒有人應我，而我根本無法在別人處打探他的下落，因為他一個人生活，完全不和外界發生任何接觸。

王正操失蹤了！

在他失蹤之後的第三天，我突然想起那天王正操在聽我說起那姓楊的舊屋在南京時的奇怪神情，我立時明白他是到了什麼地方去了，他到南京去找那另外一片聚寶盆的碎片去了！

當我想通了這一點的時候，我不禁苦笑，我自然希望他能夠回來，但是像他那樣的科學家，去了之後，回來的可能性實在太少了。

一直到了半年之後，王正操仍然音信全無，而我有一個機會，趁一班科學家在此地舉行會議的時候，帶他們去看了王正操的實驗室，但是沒有人說得上那些儀器是有什麼用處的。

而當我提及「立體複製機」和聚寶盆之際，所有的科學家都笑得前仰後合，完全將我的話當作夢囈一樣。

唉，我發現，一個偉大的、能改變人類文明的科學家，必須有豐富的想像力才行！

（全文完）

衛斯理小說典藏版　74

狐變

作　　者：　衛斯理（倪匡）
責任編輯：　常嘉寧
封面設計：　李錦興
出　　版：　明窗出版社
發　　行：　明報出版社有限公司
香港柴灣嘉業街18號
明報工業中心A座15樓
電　　話：　2595 3215
傳　　真：　2898 2646
網　　址：　https://books.mingpao.com/
電子郵箱：　mpp@mingpao.com
版　　次：　二〇二二年八月初版
I S B N：　978-988-8828-19-7
承　　印：　美雅印刷製本有限公司